Donatella Scaletta

Un lago nei suoi occhi

Youcanprint Self - Publishing

Titolo | Un lago nei suoi occhi
Autrice| Donatella Scaletta
Copertina a cura dell'autrice
ISBN | 978-88-67515-13-4

Youcanprint *Self-Publishing*
Via Roma, 73 - 73039 Tricase (LE) - Italy
Tel. +39/0832.1836509
Fax. +39/0832.1836533
www.youcanprint.it
info@youcanprint.it
Facebook: facebook.com/youcanprint.it
Twitter: twitter.com/youcanprintit

CAPITOLO I

Quella mattina Sara si avviò alla macchina di malavoglia, come sempre quando doveva partire per le vacanze estive con la famiglia; la cosa non l'aveva mai entusiasmata molto. Non che stesse male coi genitori e il fratello, il problema era che ogni anno andavano al mare in un posto diverso, così che lei non riusciva mai a farsi degli amici. Un'unica prospettiva la consolava sempre: i lunghi bagni in mare. Adorava stare ore ed ore nell'acqua, fare nuotate interminabili, tuffarsi come un pesce e poi uscire, stendersi al sole e sentire il sale asciugarlesi addosso. Ma quell'anno non avrebbe avuto neppure questa consolazione: i suoi avevano deciso, per la prima volta, di andare al lago e ne avevano scelto uno non molto distante da casa. C'era già stata una volta da piccola coi suoi nonni, ma non se lo ricordava bene e poi un conto era passarci un weekend, un conto passarci tre settimane. Certo tutto poteva essere meglio che starsene a soffocare dal caldo a Torino, ma era convinta che il mare sarebbe stato mille volte meglio. Dato, però, che non avrebbe potuto fare diversamente, salì in macchina senza fare troppo storie, ma comunque sbuffando per rimarcare con i suoi che quella era stata una loro scelta, lei la subiva e certo non si sarebbe divertita.

Una volta imboccata l'autostrada i suoi iniziarono a parlare a lei e al fratello Marco della bellezza del lago di Mergozzo, piccolo e tranquillo.

- Sono sicura che vi piacerà! - iniziò la mamma guardando i figli nello specchietto dell'aletta parasole -Tu Sara ci sei già stata coi nonni, ti ricordi?

- Sì... - rispose la ragazza senza troppo entusiasmo, anzi con un tono che indicava che la conversazione per lei era finita lì. Poi, per evitare che la madre le facesse altre domande, prese una musicassetta e il walkman dal suo zaino, accese il registratore e non si preoccupò più di ciò che lei diceva.

- Lasciala perdere mamma! Raccontalo a me… io non ci sono mai stato! - disse Marco, seduto accanto a Sara con la testa appoggiata allo schienale del sedile del padre. La madre allora riprese. Sara, che non aveva ancora schiacciato "Play", ascoltò per un po' quello che dicevano e soprattutto quello che chiedeva il fratello; quando faceva certe domande sembrava uno studente universitario più che un ragazzino di quattordici anni. Tuttavia Sara aveva sempre pensato che avesse un'intelligenza un po' superiore alla media; a volte sembrava lui il fratello maggiore eppure avevano due anni di differenza! Nonostante piccoli screzi, quelli normali tra fratelli, si volevano un gran bene e tutti e due erano contenti della presenza dell'altro, non c'era gelosia, o almeno quasi mai!

Dopo un po' pensò di aver sentito abbastanza e riprese ad ascoltare la musica. Si girò ad osservare il paesaggio che si ripeteva sempre uguale e monotono lungo il serpente d'asfalto dell'autostrada. L'aria che entrava dal finestrino aperto del padre le scompigliava i lunghi capelli, neri e lisci, che ricadevano sui grandi occhi verdi, intensi e curiosi, come quelli di Marco.

Fortunatamente il viaggio non durò molto, ma il caldo era comunque insopportabile. Quando arrivarono, però, l'arietta fresca del lago e la vista del sole al tramonto che si rifletteva, come una scia di fuoco, sulle sue acque risollevò tutti. Raggiunsero il paese e sistemarono il miniappartamento che avevano affittato. Poi cenarono e andarono a letto presto, stanchi per il viaggio.

A Sara, però, ci volle parecchio prima di riuscire a dormire; le succedeva sempre quando era in un posto, e soprattutto in un letto, nuovo. Si alzò cercando di non svegliare il fratello che dormiva sotto di lei, spalancò la finestra socchiusa e respirò profondamente l'odore della notte. Da lì vedeva bene il lago, circondato da una corona di montagne, e la luna, che, tonda come stesse per scoppiare, vi si rifletteva. Respirò di nuovo a pieni polmoni il profumo dell'erba e dei pini.

Stava ascoltando i grilli nel prato sottostante quando sentì un rumore; si girò e vide il fratello che andava verso di lei.

- Mi dispiace averti svegliato - gli disse facendogli posto al davanzale.

- Non ti preoccupare, tanto non riuscivo a dormire - rispose Marco osservando il panorama. Poi riprese: - Beh! Non è poi tanto male! -.

- No hai ragione, e questa volta devo dare ragione anche a mamma e papà. Questo paesaggio ti riconcilia col mondo -.

- Lo sai che prima questo lago era un pezzo del Lago Maggiore? - riprese il fratello.

- Ah sì? No, non lo sapevo... a scuola non ce ne hanno mai parlato. E tu come lo sai? -.

- Ho letto la guida di mamma e papà mentre tu in macchina ascoltavi Jovanotti e tenevi il muso!

- Spiritoso!!!- disse sorridendo la ragazza, poi tornò di nuovo a fissare la luna e il lago - E come mai ora è così?

- Nel IX secolo c'è stata un'alluvione del fiume Toce che ha fatto staccare questo pezzo!

- Ah... - fu il solo commento di Sara.

Stettero molto tempo in silenzio, ascoltando i rumori notturni finché iniziarono a sbadigliare tutti e due insieme. Scoppiarono a ridere e decisero che forse era arrivato il momento di andare a dormire. Si diedero la buonanotte e si coricarono. Appena toccarono il cuscino caddero in sonno profondo e tranquillo.

CAPITOLO II

Erano circa le 9.00 quando Sara si svegliò; Marco era già in piedi e lo sentiva chiacchierare in cucina coi genitori. Anche lei si alzò, ma prima di vestirsi si affacciò alla finestra: il lago era calmo e si sentiva ancora l'intenso profumo di pini. Pensò alla conversazione di quella notte col fratello.

- Sì è proprio un bel posto - si disse. Poi fece una lunga doccia, si vestì, rifece il letto e andò in cucina dove c'era la madre.

- Hai dormito bene? - le chiese appena entrò.

- Benissimo! Sai... tutto sommato, il lago è bello! - disse alla madre, che sorrise contenta. - Dove sono papà e Marco? - chiese poi dopo essersi accorta che non c'erano.

- Papà è andato a fare un po' di spesa e Marco ha preso il pallone e ha detto che andava a fare un giro fino al lago -.

Sara fece colazione senza più aprir bocca, poi si mise le scarpe da ginnastica e scese anche lei fino al lago. Non era molto esteso, anche se col buio della notte le era sembrato enorme. Era circondato da splendidi boschi e l'acqua era limpida. Sulla spiaggia sassosa molte persone in costume da bagno prendevano il sole, altre passeggiavano e atre ancora giocavano a palla. Sull'acqua, un po' al largo, si vedevano canotti e canoe che scivolavano placide. Iniziò a camminare lungo la riva fermandosi ogni tanto a lanciare dei sassi nel lago facendo attenzione a non colpire i numerosi cigni e anatre che galleggiavano come delle boe sull'acqua. Altri schiamazzando sulla spiaggia sassosa, becchettavano per terra o aspettavano che due bambinetti di circa sette anni lanciassero loro pezzi di pane secco, che prendevano da un'enorme busta di carta in mano a quella che doveva essere la mamma. Mentre stava passeggiando un po' soprappensiero le arrivò un pallone tra i piedi, si chinò a raccoglierlo e vide il fratello che le veniva incontro.

- Eccoti qua! - esclamò ridandogli il pallone.

- Dove vai? - le chiese Marco.

- A fare un passeggiata - rispose; poi, un po' controvoglia, gli chiese - Vuoi venire con me? -.

- No, sto giocando a calcio con quei due ragazzi - disse il fratello e indicò due ragazzi che lo stavano aspettando tra due barche in secca che servivano da porta.

- Ok, ci vediamo dopo allora - e si allontanò.

Era contenta che non fosse venuto. Voleva restare un po' da sola, godersi quella tranquillità e imparare ad apprezzare quel luogo. Oltrepassò delle villette grigiastre a due piani, coi muri macchiati di muffa e i recinti un po' arrugginiti, ma graziose coi loro giardini alcuni ben curati, altri decisamente lasciati a se stessi; superò anche il capanno dove si prendevano in affitto le canoe o i pedalò. Fu così che si ritrovò, quasi senza rendersene conto, lungo un sentiero erboso, continuazione della spiaggia. Da una parte il lago si stendeva, dall'altra un bosco di castagni muoveva i suoi rami al vento che sussurrava tra le foglie. Non c'era nessuno, ma questo non spaventò Sara che, anzi, era contenta di poter stare un po' da sola coi propri pensieri e a casa questo non le capitava spesso. Dopo poco più di cinque minuti di cammino vide davanti a sé un muro (doveva essere di circa tre metri valutò la ragazza) coperto di muffa e di edera. Molto incuriosita, come sempre di fronte a qualcosa di misterioso, si avvicinò e notò una stradina in terra battuta che lo fiancheggiava. Seguì la strada e il muro per un tratto. Di là da questo intravedeva le cime di due alti castagni e pezzi di un edificio grigio. Dopo aver girato intorno ad un angolo del muro, percorse ancora qualche metro finché si trovò di fronte ad un cancello, arrugginito e chiuso da un catenaccio. Oltre questo si stagliava un imponente edificio che si capiva chiaramente essere stato abbandonato da molto tempo.

CAPITOLO III

La villa, di stile settecentesco, era di tre piani e aveva un massiccio portone di legno scuro; proprio sopra questo, sul cornicione si trovava uno stemma ormai sbiadito, ma non tanto da impedire alla ragazza di riconoscere una spada e una rosa incrociati; c'era anche una scritta, ma non si riusciva quasi più a leggere salvo qualche lettera. I muri erano per buona parte coperti di edere, il resto era scrostato oppure macchiato a causa dell'umidità. Metà del tetto era crollato. Ai lati della facciata, al terzo piano c'erano due piccole terrazze, una si affacciava sui due castagni, e quindi sul lago, l'altra sulla montagna. Il giardino era invaso dalle erbacce e fiori di ogni tipo.

Sara rimase lì per molto tempo, come incantata: anche se in rovina, quella villa esercitava su di lei un fascino enorme, un misto di inquietudine e mistero. Il vento che spirava tra le persiane rotte e l'erba del giardino sembrava quasi un respiro, come se la casa fosse ancora viva e quasi sofferente per qualche segreto nascosto. Non avrebbe potuto dire quanto tempo era stata lì, quando improvvisamente si sentì tirare per la maglietta e, ancora in preda al timore che le incuteva la villa, emise un grido che riecheggiò sui muri del giardino e sembrò profanare quel silenzio di tomba. Si girò di scatto e vide il fratello, molto divertito all'idea di aver spaventato la sorella che non sembrava mai aver paura di niente e lo prendeva in giro perché invece lui era molto più fifone.

- Che cosa ci fai qui? - chiese Sara dopo essersi seduta sull'erba, mentre il cuore le si calmava a poco a poco.

- Quei due ragazzi dovevano andare via, non sapevo cosa fare e ho deciso di seguirti - le disse sedendolesi accanto.

- Bella questa casa, vero? - riprese la ragazza voltandosi verso il cancello e osservando la villa che continuava ad emanare fascino e mistero. Poi riprese - Perché non entriamo? -.

- Cosa...? Ma non possiamo e poi come facciamo? - chiese Marco sperando che la sorella scherzasse, anche se, conoscendola, sapeva bene che era capace di andare fino in fondo a questa pazza idea.
- Beh... scavalchiamo il cancello! - disse senza mostrare, infatti, il minimo scoraggiamento.
- E se ci scoprissero? -.
- Uffa! - sbuffò Sara impaziente - Quanti problemi ti fai, non mi sembra che qui venga tanta gente. Secondo me hai solo paura, tanto per cambiare -.
- E se anche fosse? Non mi è sembrato che prima tu non ne avessi, visto l'urlo che hai lanciato! - la punzecchiò.
- Mi sono spaventata perché mi hai colto di sorpresa - tentò di giustificarsi Sara che non voleva mostrarsi debole di fronte a lui. Comunque senza aspettare la decisione del fratello si avvicinò al cancello.
- Tu fai come vuoi, io vado! - e iniziò ad arrampicarsi.
Marco la guardò pensando che fosse impazzita. Sara era già a metà cancello quando...
- Fossi in te non entrerei -, disse una voce sotto di lei, che non era quella di Marco. Si girò di scatto per vedere chi fosse, ma nel farlo mollò la presa e si ritrovò per terra con un ginocchio sanguinante e un polso che le doleva. Subito il fratello le corse incontro e l'aiutò ad alzarsi.
- Ehi! Ti sei fatta male? - riprese la voce.
Sara alzò lo sguardo e vide di fronte a sé un ragazzo con un pallone in mano; era alto, abbronzato, coi folti ricci neri e due profondi occhi scuri. Lì per lì non sapeva cosa dire.
- Allora, tutto bene? - chiese lui di nuovo.
- Beh... diciamo che stavo meglio prima, ma non preoccuparti -.
- Scusami non volevo farti cadere, non pensavo che avresti mollato la presa - le disse porgendole la mano, - Piacere, io mi chiamo Yuri -.
Sara si presentò e presentò anche il fratello senza togliere gli occhi di dosso a quel ragazzo che, scoprì subito, aveva la sua stessa età.

- Ero qui con dei miei amici a giocare a calcio, c'è uno spiazzo erboso proprio dietro quei cespugli - e indicò degli arbusti - La palla ci è scappata e sono venuto a riprenderla -. Non aveva finito di parlare che da dietro un albero spuntarono due ragazzi e tre ragazze che andarono loro incontro.

- Yuri eccoti finalmente! Pensavamo ti fossi perso! - esclamò una ragazza dai bei lineamenti, coi capelli e gli occhi neri - e loro chi sono? - chiese poi indicando Sara e Marco.

Yuri spiegò quanto era successo e si presentarono. Scoprirono così che la ragazza che aveva parlato si chiamava Tatiana e il ragazzo vicino a lei, che le assomigliava tantissimo, era il suo gemello Pietro. Le altre due ragazze erano Rachele, che aveva lunghi capelli rossi lisci e setosi e la pelle chiara e lentigginosa, e Milena, coi boccoli biondi che incorniciavano un visetto grazioso e delicato su cui risaltavano due grandi occhi castani. Infine c'era Tommaso, Tommy per gli amici, anche lui alto e bruno. Avevano tutti sedici anni eccetto Milena che ne aveva quindici. Si sedettero sull'erba e iniziarono a parlare: il gruppetto volle sapere da dove venivano Sara e Marco, quanto tempo si sarebbero fermati, se il posto piaceva loro... Mentre i due fratelli chiesero notizie sul loro gruppetto, venendo così a sapere che si conoscevano da una vita, perché Tommy, Yuri e Milena vivevano lì, mentre i gemelli e Rachele, che abitavano a Vercelli, andavano in vacanza sul lago tutti gli anni. Ma Sara e Marco non ebbero problemi e si trovarono subito a loro agio, come se si conoscessero da tempo. Erano sempre stati molto aperti nel fare nuove amicizie, e ogni anno ne facevano di nuove, visto che cambiavano sempre meta. Il problema era mantenerle una volta finite le vacanze; erano amicizie "estive" come le chiamava Sara, che le considerava stimolanti, certo, ma effimere. Ogni volta che tornava a casa si sentiva vuota e dopo pochi giorni aveva già dimenticato i volti dei ragazzi incontrati. Probabilmente anche quell'anno sarebbe stato così, pensava, eppure... stando seduta con quei ragazzi sentiva che c'era qualcosa di più, una sintonia più profonda che non riusciva a spiegare.

"Forse è solo la voglia di avere finalmente degli amici stabili" si disse "Tanto finirà come tutti gli anni...!" continuò sospirando impercettibilmente. Poi tornò a fissare lo sguardo attento su Yuri. Anche lui la fissava. Quando i loro occhi si incrociarono, Sara si sentì avvampare e abbassò lo sguardo. Nel farlo vide il ginocchio sporco di sangue ormai rappreso e si ricordò del suo tentativo di scavalcare il cancello e, come riscossasi, chiese a Yuri:
- Perché mi hai detto di non entrare? -.
- Perché in quella villa c'è un fantasma! - fece Yuri con noncuranza, come se avesse detto la cosa più ovvia. A quel punto Sara scoppiò a ridere, mentre Marco chiedeva:
- Come un fantasma? -.
- Andiamo Marco, non mi dirai che credi a queste stupidaggini? - disse Sara che aveva smesso di ridere. - Guarda che non sono affatto stupidaggini! - disse Yuri quasi con rabbia.
- Ma i fantasmi non esistono! - rispose, dispiaciuta per averlo fatto arrabbiare.
- Invece esistono - la rimbeccò Rachele - e in quella villa vive il fantasma di una ragazza -.
A questo punto Sara, per quanto scettica e razionale, cosa che troppo spesso si rimproverava, si incuriosì per questa storia.
- Di una ragazza? - chiese allora interessatissima.
- Sì - riprese Tatiana - Adelaide De Lais, una ragazza di diciotto anni che cinquantadue anni fa si gettò da quella terrazza -, disse e indicò il terrazzino che, al terzo piano si affacciava sui due castagni.
- Si suicidò per amore - continuò Tommy - ed era la figlia dei padroni della villa. Si narra che da allora il suo fantasma vaghi per la villa invocando il suo amore perduto. Molte persone passando di qui hanno sentito dei lamenti provenire dall'interno. Anche noi li abbiamo sentiti più volte -.
- Ma non siete mai entrati? - chiese Sara, molto attratta dalle storie d'amore.
- Assolutamente no! - si scandalizzò Tatiana - Anche se veniamo qui spesso, le storie che si raccontano su questa villa ci hanno

sempre fatto desistere. Al massimo ci siamo fermati ad osservarla da fuori, anche se devo ammettere che più volte siamo stati tentati di entrare. Però non ci sono altre entrate a parte il cancello ed è troppo pericoloso da scavalcare, come hai potuto notare - disse indicando il ginocchio della ragazza. Tutti si misero a ridere, anche Sara.

- Ammetto che non è proprio bello precipitare da lì, - fece - ma l'idea di entrare nella villa mi attira ancora, fantasmi o no -.

- Non si smuove facilmente tua sorella eh? - chiese Yuri a Marco.

- Certo che no, quando si mette in testa una cosa va avanti come un treno, anche a costo di andare a schiantarsi contro un muro - rispose il ragazzo, mentre la sorella gli faceva la linguaccia; di nuovo scoppiarono a ridere.

- Comunque sia, se il fantasma esista veramente o no, non lo so proprio, ma ti posso assicurare che la storia di Adelaide è vera, perché mia nonna che allora aveva dieci anni, viveva in quella casa. I suoi genitori lavoravano al servizio di questa famiglia - disse Yuri.

****

- A cosa pensi?- chiese Marco alla sorella, mentre tornavano all'appartamento.

- A tutto e a niente- rispose distrattamente continuando a fissare la strada sotto i suoi piedi.

- Guarda che non sei brava come bugiarda... so bene che stai pensando a Yuri!-

- Ma cosa dici?! L'ho appena conosciuto!-

- Oh... ho visto come lo guardavi, e ho visto anche come arrossivi quando ti parlava - fece il ragazzo con un pizzico di malignità nel tono di voce.

- Non ti sfugge niente eh?!- lo rimbeccò Sara - Comunque non ero imbarazzata... ero, non so come dire... frastornata; è successo tutto in fretta: la villa, la caduta, Yuri...

- Ah, ah... vedi che torniamo a lui? Ammettilo, ti piace! -.

- E va bene! Sì, lo trovo carino e simpatico, ok?! Sei contento? -.

- Oh... e ci voleva tanto?-

- Secondo te - riprese la ragazza dopo qualche istante di silenzio - Yuri ha una ragazza?

- Non ne ho la più pallida idea! - rispose Marco.

Sara ritornò per qualche attimo ai suoi pensieri, che non facevano che riportarle alla mente gli occhi di Yuri puntati su di lei. E si meravigliò nel pensare di poter interessare ad un ragazzo, lei che non si era mai trovata molto carina e neppure troppo simpatica, con quel suo carattere schivo e scorbutico. Ma poi pensò anche che in ogni cosa c'era una prima volta e forse quella era la volta buona di piacere a qualcuno, visto che fino ad allora non era mai stata molto fortunata dal punto di vista "sentimentale": nessuno di quelli che le piacevano si era mai minimamente interessato a lei. Per questo si riteneva insignificante.

- Comunque - riprese il fratello distraendola dalle sue divagazioni - se ti interessa, Milena e Tommy stanno insieme -.

- E come lo sai? -.

- Mentre tornavamo lungo il sentiero, loro due chiudevano la fila un po' distaccati tenendosi per mano, e ad un certo punto, quando mi sono voltato per vedere dove fossero, li ho visti fermi che si baciavano! -.

- La curiosità non ti manca eh?! -.

- Senti chi parla... la "scalatrice" di cancelli! - disse Marco e Sara gli diede un pugno sulla spalla.

- Non ci avevo proprio fatto caso - riprese la ragazza.

- Per forza! Eri impegnata a chiacchierare con Yuri e Tatiana, ma soprattutto col primo! -.

- Ancora con questa storia? Poi dicono che siamo noi femmine le pettegole! Ok, lo trovo carino, punto e basta! Ora sbrighiamoci o mamma e papà ci danno per dispersi! -.

E si misero a correre verso casa.

CAPITOLO IV

Mai come quel giorno Sara e Marco pranzarono così velocemente. Alle quattro di quello stesso pomeriggio si sarebbero dovuti incontrare coi loro nuovi amici. Yuri infatti aveva promesso ai due fratelli di portarli da sua nonna per conoscere i particolari di quella misteriosa storia d'amore.

Appena usciti da casa si misero a correre e giunti in riva al lago trovarono Yuri e gli altri che li aspettavano. Anche se tutti tra di loro avevano già sentito raccontare quella storia, di cui nel paese ancora si parlava nonostante fossero passati parecchi anni, non si stancavano mai di riascoltarla. Senza contare che erano molto contenti del fatto che Sara e Marco fossero entrati nel loro gruppo; soprattutto lo era Yuri, al quale non erano sfuggiti gli sguardi che la ragazza gli lanciava in continuazione.

Si diressero verso una delle villette grigie dai recinti arrugginiti ed entrarono nel giardino, questo era uno di quelli ben curati, constatò Sara, che vide aiuole ben ordinate e fiorite, vasi di terracotta e un grande ombrellone in mezzo a un piccolo prato all'inglese, seduti lì sotto, su due sdraio di legno, li aspettavano i nonni di Yuri.

- Prego, sedetevi ragazzi - disse il nonno indicando delle coperte stese per terra. - Chiedo scusa, ma non abbiamo sedie per tutti, ma so che a voi giovani non crea problemi sedervi per terra -, continuò sorridendo.

- Ma certo nonno, non preoccuparti! - fece Yuri dopo aver dato un grosso bacio sulla guancia a lui e alla nonna.

- Voi due dovete essere i nuovi amici di mio nipote! - esclamò allora la signora Fanelli, quello era il cognome che Sara aveva letto sulla buca delle lettere. - Piacere io sono la signora Emma -.

I due fratelli le strinsero la mano e poi si sedettero insieme con gli altri, mentre il marito andava a prendere delle bibite fresche perché faceva molto caldo. Non soltanto Sara e Marco, ma anche gli altri, che pure la conoscevano a memoria, erano molto impazienti di ascoltare la storia di Adelaide. Non appena tutti ebbero preso un bicchiere di aranciata e dei biscotti fatti in casa, la signora, molto cordiale e allegra, iniziò.

- Mi ha detto Yuri che avete visto la villa e siete curiosi di saperne qualcosa di più! -, non ebbe bisogno di risposta, bastarono i loro sguardi attentissimi ad ogni parola che usciva dalla sua bocca, allora continuò, - Bene! Come penso che Yuri vi abbia già detto, cinquantadue anni fa i miei genitori lavoravano come domestici in quella villa. Erano al servizio della famiglia De Lais da prima della mia nascita, anzi, fu proprio lavorando insieme per la famiglia che si conobbero e decisero di sposarsi. La famiglia De Lais era nobile, ma anche molto chiusa nel suo piccolo mondo e bigotta. Il padre Gregorio era assai legato ai figli, soprattutto ad Adelaide, l'unica figlia femmina, nonché la più piccola di casa. La signora Liliana, invece, non vedeva che i tre figli maschi, Gregorio, Alberto ed Eugenio, mentre si mostrava molto fredda verso la signorina e pretendeva da lei un comportamento più che perfetto in vista di un eventuale matrimonio prestigioso -. Si fermò per bere un sorso, poi riprese - Infatti, non era

molto d'accordo che io passassi il mio tempo con la signorina: *"Non è conveniente che una ragazza come nostra figlia giochi con la figlia della servitù"*, le sentii dire più volte al marito. Ma lui non faceva niente per cambiare la situazione, sapeva che Adelaide mi considerava una sorellina minore e nutriva profondo rispetto per la mia famiglia, cosicché la Signora finiva col lasciar perdere e Adelaide passava tutto il tempo libero dallo studio, insegnandomi a disegnare e facendomi giocare con la sua bambola: era stupenda, pensate che proveniva direttamente da Parigi, gliel'aveva regalata il padre per il suo settimo compleanno ed era completa di un intero corredo di abitini! Figuratevi che gioia poter giocare con una meraviglia del genere per me che ero *solo la figlia di due della servitù*, come diceva la Signora -.

- E i fratelli tra loro com'erano? -, chiese curiosa Sara.

- I tre ragazzi erano molto uniti tra loro. Ma Eugenio voleva un grandissimo bene anche alla sorella, forse perché avevano solo due anni di differenza; si sarebbero buttati nel fuoco l'uno per l'altra se fosse stato necessario. Tuttavia Eugenio aveva il carattere della madre e anche lui spesso pretendeva un comportamento perfetto da parte di Adelaide; quando questo succedeva litigavano e magari non si parlavano per giorni, poi però facevano pace, perché non riuscivano a stare troppo lontani -. Concluse la signora Emma e fece una lunga pausa.
- Ma perché Adelaide si suicidò? - chiesero impazienti Sara e Marco all'unisono.

La signora, stupita di tanta curiosità, non volle farli attendere oltre e continuò.
- Circa nove mesi prima della sua morte, la signorina, così la chiamavo io, conobbe non so come, forse durante una passeggiata, un giovane ragazzo del paese. Era un povero pescatore che aveva la sua età. Era molto amato in paese per la sua gentilezza e allegria, almeno così mi raccontarono dopo la morte della ragazza, perché io non l'ho mai visto. Penso che la signorina, sempre chiusa in quell'ambiente cupo e bigotto, abbia visto in lui un mondo nuovo e più libero e, infatti, non le ci volle molto per innamorarsi di lui che dal suo canto la ricambiava. Si chiamava Ernesto, il cognome non l' ho mai saputo. Conoscevano entrambi le difficoltà di quell'amore, dovuto alle differenze sociali, ma continuavano a vedersi di nascosto durante le passeggiate pomeridiane di Adelaide -.
- E nessuno sospettava niente? - chiese stupita Sara.
- Inizialmente no, anche perché era abitudine della signorina uscire nelle prime ore del pomeriggio, mentre il resto della famiglia si riposava. Lei non amava chiudersi in camera dopo pranzo, ma stare all'aria aperta, era uno spirito libero ed era, questa, una delle stranezze della figlia che la signora accettava malvolentieri. Io non la seguivo, perché avevo paura del bosco, ma sapevo che si

incontrava con questo giovane, perché mentre lei era fuori andavo di nascosto a leggere il suo diario. Ero molto curiosa, perché la vedevo diversa da qualche tempo e sapevo che al suo diario affidava qualunque segreto. Da lì venni a sapere come si chiamava il giovane e che, nonostante provenisse da un ceto non certo elevato, amava la lettura e la poesia. Solo io sapevo del diario e di dove lo nascondesse. Una volta entrando in camera sua non si accorse subito di me, ma quando mi vide nascose in fretta qualcosa nel cassetto della scrivania; così un giorno che lei non c'era andai a curiosare, anche se sapevo che non era permesso, ma come tutti bambini ero attirata proprio da ciò che non potevo fare. Oltretutto era un semplice quaderno privo di lucchetti o chiusure strane, quindi era facilissimo leggerlo. Appena lessi alcune pagine, compresi perché lo teneva nascosto. Se certe cose fossero state scoperte chissà cosa sarebbe successo. Capii subito che non mi sarebbe dovuta scappare neppure una parola di bocca e, infatti, non dissi mai neppure alla signorina che sapevo tutto; anche se avevo solo dieci anni ero molto sveglia - si compiacque la signora. - Tuttavia se lo ero io, lo era pure Eugenio che di anni ne aveva venti - continuò - Si era accorto di qualche cambiamento nella sorella, diceva che era sempre tra le nuvole, la sgridava, ma lei non reagiva come sempre, tanto che si insospettì. Un giorno, non appena lei uscì dal cancello sul retro della villa, Eugenio le andò dietro senza farsi vedere. Io mi spaventai; sentivo che stava per succedere qualcosa di brutto. Allora mi nascosi tra i cespugli di ortensie e attesi il loro ritorno. Non seppi mai cosa era successo nel bosco. Dopo un po' di tempo vidi tornare Eugenio, impolverato e con un labbro sanguinante, che trascinava per un braccio la sorella, pallida e scossa da violenti singhiozzi. Entrarono in casa e sentii subito urla e pianti. Quando rientrai seppi dai miei che la signorina era stata rinchiusa nella sua stanza col divieto assoluto di vedere chiunque. Non la vidi per una settimana. Nel frattempo i suoi, per riparare al danno di uno scandalo, misero tutto a tacere e organizzarono per lei il matrimonio col giovane rampollo di una famiglia benestante di queste parti, mi sembra di Verbania, ma non ne sono sicura. Tuttavia lei non smise di amare Ernesto e infatti una notte riuscì a uscire di casa di nascosto e fuggì con lui. Ma il destino fu crudele, i due amanti vennero scoperti e riportati indietro. Da allora di Ernesto non si seppe più nulla. La signorina fu nuovamente chiusa in casa. Era trattata con disprezzo e vergogna dai suoi famigliari, soprattutto dalla madre e da Eugenio che non le rivolgevano neppure la parola. Per loro il buon nome della famiglia, che era sacro e inviolabile, era stato infangato e non potevano sopportarlo, anche perché dopo quella vicenda il fidanzamento era stato annullato. La signorina era forte sì, ma forse non abbastanza e non sopportava l'idea di aver deluso Eugenio che amava moltissimo; in paese non si faceva che parlare della sua scappatella. Questo e l'impossibilità di rivedere Ernesto la consumarono a poco a poco, anche perché, ormai era completamente sola. Così una sera, alcune settimane dopo salì sulla terrazza del terzo piano e si gettò di sotto. I fratelli trovarono il diario in cui era scritto tutto e anche il perché del suo ultimo gesto. Volevano bruciarlo, ma Eugenio che soffrì più di tutti per la sua morte, decise di risparmiarlo come ultimo gesto di affetto per la sorella. Dopo il funerale, la famiglia si trasferì, ma i miei preferirono restare e da allora la villa è abbandonata. Adelaide è sepolta sotto i due castagni del giardino -.

Quando la signora terminò di raccontare, un brivido percorse gli otto amici, come se si fossero risvegliati all'improvviso da uno strano sogno.

- E del resto della famiglia ha più saputo niente, da quando se ne andò dal paese? -, chiese Sara, mentre si asciugava qualche lacrima che le rigava le guance.

- Qualcosa so, ma niente di preciso. Ma ora purtroppo vi devo lasciare perché ho alcune commissioni da fare con mio marito. Se volete tornare domani pomeriggio finisco di raccontarvi quello che so. - disse la signora Emma, alzandosi dalla sedia.

- Certo che torneremo signora, io sono curiosa di sapere altre cose su questa vicenda, e grazie ancora - rispose Sara esprimendo, senza saperlo, il pensiero di tutti.

****

Più tardi, mentre passeggiavano sulla spiaggia, Sara esclamò
- Voglio entrare in quel giardino! -.
Le rispose un coro di
- Cosa vuoi fare?! -.
Nessuno, tra Yuri e i suoi amici, si era mai sognato di mettere piede in quel giardino, anche se molte volte erano stati tentati di farlo, ma le strane storie di fantasmi li avevano sempre tenuti lontani.
- Sì certo - continuò Sara imperterrita - voglio vedere la tomba di Adelaide. Venite con me? -.
Ci fu qualche minuto di silenzio in cui tutti si guardarono cercando una risposta, mentre Marco chiedeva a gesti a sua sorella se fosse per caso impazzita. Finché, ad un certo punto il silenzio fu rotto.
- Sì, io vengo con te! - rispose la voce di Milena, considerata la meno coraggiosa di tutti. Sara sorrise e aspettò la decisione degli altri. Erano inebriati dalla prospettiva di quell'avventura, ma anche spaventati e titubanti. Era strano: erano nati e vissuti in quel paese, sapevano tutto della villa eppure solo da dopo l'arrivo di Sara e Marco sentivano di esserne così attratti da volerne sapere di più; forse era solo la voglia
di vivere una nuova avventura. Alla fine misero da parte le paure e si unirono alle due amiche. Si misero d'accordo per andare alla villa la mattina seguente e si lasciarono allegramente, legati da un filo invisibile
di complicità.

CAPITOLO V

Il sole era alto e l'arietta del mattino fresca e confortevole, ma di fronte alla severità e all'aura di mistero che emanava la villa, anche i raggi solari perdevano la loro luminosità. Gli otto ragazzi erano fermi davanti al cancello. Sembrava che, tutto ad un tratto, l'entusiasmo del giorno precedente fosse stato spazzato via, come la sabbia del deserto durante una tempesta. Nessuno di loro parlava, si sentiva solo il "respiro" della villa che passando attraverso l'erba alta del giardino li circondava e faceva battere i loro cuori. La casa stava per vincere, li voleva far scappare, ma Sara non voleva darsi per vinta e dirigendosi verso il cancello disse

- Allora entriamo? -.
- Ne sei ancora convinta? - chiese Pietro.
- Certo, siamo qui e non ho intenzione di tornare indietro -.
- D'accordo - fece Yuri - ma dobbiamo fare attenzione a scavalcare. - continuò indicando il ginocchio di Sara su cui vi erano ancora i segni della caduta del giorno precedente.
- Hai ragione - disse la ragazza.

Yuri si avvicino al cancello per iniziare a salire, ma Tommy lo fermò
- Aspetta, forse è meglio se andiamo al cancello sul retro. È più nascosto, abbiamo meno probabilità di essere visti -.
- Ha ragione lui - continuò Rachele - inoltre, per quel che mi ricordo, mi sembra più basso e quindi più facile da scavalcare -.

Fu approvata la proposta e fecero il giro del muro costeggiandolo. Proprio sul lato corto del giardino vi era una splendida edera che scendeva fino a toccare terra. Sara si fermò a contemplarla.
- È bella vero? - esclamò Milena alle sue spalle - anche io quando vengo qui mi fermo sempre a guardarla -.

Sara confermò. Poi si girarono per andare a raggiungere gli altri che stavano proseguendo, quando sentirono un fruscio. Si voltarono pensando che fosse il vento che muoveva l'edera, ma, con loro grande sorpresa, videro un gatto che usciva velocemente da dietro la pianta. Il gatto le guardò per qualche secondo poi fuggì. Le due ragazze si guardarono.

- Dietro quell'edera dev'esserci un'apertura! - esclamò Sara - Quel gatto non si è certo materializzato all'improvviso! -.

- Ma magari è solo un buco da cui a mala pena passa un gatto! - disse dubbiosa l'amica.

- Certo, può essere! Ma provare a vedere non costa nulla e, se veramente c'è un passaggio, sarebbe molto più comodo e meno pericoloso del cancello! – continuò Sara.

Milena annuì e le due amiche corsero a richiamare indietro gli altri che si stavano giusto chiedendo dove fossero finite quelle due. Raccontarono ciò che avevano visto e li portarono davanti all'edera.

- Bene - fece Sara - non resta che spostare la pianta... una cosetta semplice! -.

- Sei proprio sicura di volerlo fare? - chiese stupita Tatiana - Hai idea di quanti insetti ci saranno lì nel mezzo?! -.

Per un momento quell'idea bloccò Sara che non aveva nulla contro gli insetti... purché fossero a parecchi metri di distanza dalla sua pelle.

- Non è un problema - fece Pietro - cerchiamo un bastone un po' lungo e resistente e la spostiamo -. La proposta fu accolta, soprattutto dalle ragazze, e si misero subito alla ricerca di un bastone. Quando ne trovarono uno che sembrava adatto allo scopo, si diressero verso la pianta e iniziarono a spostarla di lato.

- Sembra l'entrata del giardino segreto di Mary! - esclamò eccitata Milena.

- Noi saremmo Mary e Dick?! - chiese ridendo Tommy, canzonandola.

- A me sembriamo più un gruppo di pazzi incoscienti! - disse Marco.

- Perché ho un fratello così fifone? - gli chiese Sara, quasi imbarazzata.

- E io perché ho una sorella che deve sempre cacciarsi nei guai? - le rispose il fratello.

- Quando avete finito di discutere guardate qua...! - disse intanto Tommy.

Tutti si girarono verso il muro e videro una breccia; partiva all'incirca da metà muro, infatti ci si passava tranquillamente senza doversi abbassare, ed era anche abbastanza larga. Tutti si guardarono e scoppiarono in un grido di gioia; erano stati proprio fortunati. Andarono a prendere un altro bastone perché l'edera copriva, ovviamente, anche l'altra parte della breccia. Una volta spostata, non senza fatica, anche quella, il giardino apparve davanti ai loro occhi. Eccitati e titubanti allo stesso tempo, entrarono ad uno ad uno nel giardino, facendo attenzione, una volta tolti i bastoni, a coprire di nuovo l'entrata con l'edera perché nessuno entrasse.

CAPITOLO VI

Il giardino era molto grande e proprio al centro si ergeva la villa in tutta la sua inquietante maestosità. L'erba arrivava alle loro ginocchia solleticandole e lungo la parete alla loro sinistra, la stessa del cancello principale, erano allineati numerosi cespugli di rose rosse che, anche se inselvatichite, fiorivano in tutto il loro splendore emanando un profumo così forte da far venire quasi la nausea. Fecero il giro della casa fino al retro e videro il secondo cancello, quello da cui usciva Adelaide, e i cespugli di ortensie tra i quali si nascondeva la piccola Emma, secondo quello che aveva raccontato loro il giorno precedente. Ritornarono davanti all'edera e spinsero il loro sguardo oltre la villa dove si innalzavano i due castagni sotto cui era sepolta Adelaide. Stettero qualche attimo in silenzio, poi Sara iniziò ad incamminarsi seguita dagli altri; con aria risoluta e dimentica della sua paura degli insetti, che di sicuro si annidavano numerosi tra l'erba, si fece strada in quel mare verde mosso dal vento che lo increspava proprio come fosse stata la superficie del mare. Nessuno parlava. Giunti davanti al portone lo oltrepassarono in fretta per evitare che qualcuno li potesse vedere dal cancello. Superato l'edificio, che sembrava quasi osservare ogni loro passo con le sue finestre rotte, si ritrovarono sotto i due castagni, dove si aspettavano di non riuscire neppure a vedere la tomba a causa dell'erba alta. Ma la scena che si presentò ai loro occhi li lasciò senza fiato: nello spazio tra i due alberi l'erba non era incolta, bensì accuratamente tagliata. Nel mezzo si trovava la lapide. I ragazzi si avvicinarono e videro ai suoi lati due vasi contenenti fiori freschi: uno era pieno di crisantemi, l'altro delle stesse rose rosse che ornavano il muro di cinta. La lapide di marmo era lucida, come fosse stata pulita di recente e le lettere incise, che erano state ripassate con del pennarello indelebile nero, dicevano:

ADELAIDE MARIA LILIANA
DE LAIS
*3-3-1928 +13-6-1946
RIPOSA IN PACE
PICCOLO ANGELO

Nulla intorno faceva pensare che fosse stata abbandonata da mezzo secolo. Gli otto amici si guardarono con aria interrogativa, nessuno aveva il coraggio di rompere quel silenzio surreale che si era creato. Finché fu come sempre Sara a parlare.
- Bella sorpresa eh? - disse - ma non avevate detto che il giardino era abbandonato?-.
- Certo che l'abbiamo detto - le rispose Pietro - E poi l'hai sentito tu stessa, c'eri anche tu ieri dalla signora Emma... -.
- E allora da dove vengono i fiori freschi? - continuò la ragazza.
- Forse - azzardò Milena - qualche parente di Adelaide è ancora vivo e viene a trovarla -.
- Ma mia nonna ha detto che la famiglia De Lais si trasferì dopo il fatto e non si fece più vedere in paese - le rispose Yuri.
- Beh... non ci sono molte altre possibilità... a meno di pensare ad un fantasma! - lo prese in giro Sara, poi continuò - comunque oggi chiederemo notizie sulla famiglia a tua nonna, magari scopriremo qualcosa che ci aiuterà a svelare questo mistero -.
- Che emozione! - disse Milena.
- Hai ragione - le rispose Tommy abbracciandola - ed è strano pensare che siamo sempre vissuti qui, vicini a questa villa senza sapere nulla di più di quello che si diceva in paese -.
- E ora abbiamo un mistero tra le mani! - continuò Milena.
- E lo risolveremo! - affermò decisa Sara. Si guardarono tra di loro, senza aprire bocca. Erano decisi ad andare in fondo alla faccenda e scoprire tutta la verità su quella villa.

- Va bene, ma non diciamo a mia nonna che siamo entrati nel giardino, né tanto meno dei fiori, altrimenti si preoccuperebbe e ci impedirebbe di continuare le nostre "indagini" - disse Yuri.

Scoppiarono a ridere quando sentirono quel termine, ma dovettero ammettere che era vero, perché in quel momento si sentivano tutti dei piccoli Sherlock Holmes.

Dopo aver detto una preghiera per Adelaide, finirono di esplorare il giardino, poi uscirono e andarono a pranzare ognuno a casa propria.

****

Nel tardo pomeriggio si trovarono di nuovo e andarono dalla signora Emma che li aspettava in giardino col suo solito sorriso cordiale. Il cielo era grigio e minacciava un violento temporale; si sentiva già l'eco dei tuoni in lontananza che rimbalzava sui monti. Decisero quindi di stare in casa e si accomodarono nel salotto, loro seduti sul tappeto, la signora Emma sprofondata in una morbida poltrona; il marito non c'era, stava facendo dei lavori nel garage.

- Allora - incominciò la signora - dove eravamo rimasti? -.

- Volevamo sapere che ne è stato della famiglia dopo la morte di Adelaide - rispose Sara.

- Lei ha detto che se ne andarono dal paese - continuò Tatiana - Ma qualcuno di loro è mai più tornato? - chiese cercando di rimanere sul vago per non lasciarsi sfuggire nulla della tomba.

- Che io sappia no - iniziò la signora Emma - Dopo il fattaccio restarono nella villa per poco più di un mese, per sistemare alcune cose, poi si trasferirono. Noi restammo qui, perché i miei erano molto legati a questo paese e poi avevano deciso di accettare il lavoro offerto loro da mio zio. Aveva un ristorante e da qualche tempo aveva proposto loro di lasciare la villa e lavorare per lui, vista la loro esperienza, ma i miei genitori non avevano voluto;

finché quello che era successo lì convinse ad accettare, proprio perché non volevano andarsene. Per un po' non sapemmo più nulla della famiglia. Poi un'amica di mia madre la venne a trovare, tre anni più tardi, e ci disse di essere al servizio della famiglia De Lais. Ci raccontò che si erano trasferiti a Baveno, quindi non si erano allontanati molto da questi luoghi. Avevano comprato un appartamento signorile. La Signora Liliana era morta l'anno precedente, mentre i due figli più grandi, Gregorio e Alberto, si erano trasferiti in Francia dopo essersi sposati a poca distanza di tempo l'uno dall'altro. Nella casa erano rimasti Eugenio e il padre, che a causa del dolore per la morte della figlia si era gravemente ammalato di cuore ed erano tre anni che soffriva. Da allora non sapemmo più nulla fino al giorno delle mie nozze: sapevamo l'indirizzo e, d'accordo coi miei genitori, avevamo deciso di mandare la partecipazione anche ai De Lais sperando che abitassero ancora lì. Il giorno del matrimonio venne Eugenio con la moglie, una ragazza molto bella che per certi aspetti ricordava un po' Adelaide. Ci disse che il padre era morto e lui viveva nella casa di famiglia con la moglie; non aveva voluto raggiungere i fratelli in Francia, era sempre stato un tipo tranquillo e dove "piantava radici" era difficile smuoverlo. Mi ricordo che anche dopo la morte della sorella era l'unico che non voleva abbandonare la villa, ma poi fu costretto a farlo. Quindi è probabile che, se non è morto, viva ancora lì dove ci disse - concluse la signora.

Poi si alzò e andò in cucina a prendere qualcosa da bere per i ragazzi, nel frattempo fuori era scoppiato un violento temporale. Gli amici iniziarono a parlottare tra di loro sulla villa e su chi potesse essere il misterioso portatore di fiori, facendo attenzione a non farsi sentire dalla nonna di Yuri. Quando tornò, Sara le chiese

- Secondo lei perché Eugenio non voleva andarsene dalla villa? -.

- Di preciso non te lo saprei dire - rispose la signora - ma credo che fosse per stare vicino alla sorella. Non riusciva ad accettare la sua morte, ma aveva un comportamento strano nei confronti di tutta la vicenda -.

- In che senso strano? - chiese Rachele.
- Un giorno, poco prima della morte della sorella, lo sentii dire ai fratelli che avrebbe fatto di tutto per vederla felice, avrebbe anche accettato Ernesto, ma i suoi fratelli lo aggredirono ricordandogli l'infamia di cui si era ricoperta la loro famiglia a causa di Adelaide. Eugenio era sempre stato succube dei fratelli e alla fine diede ragione a loro ritrattando ciò che aveva detto prima. Sembrava che non sapesse da che parte stare, se prendere le parti della sorella o condannarla come aveva fatto tutto il resto della famiglia. Adelaide si era accorta di questo suo comportamento, e anche se era dispiaciuta non lo biasimava e continuò a volergli bene fino all'ultimo. Comunque si dimostrò il più comprensivo di tutti. Infatti, dopo il tentativo di fuga, quando relegarono la signorina nelle sue stanze, chiese ai genitori di permettermi di passare un po' di tempo con lei perché non si sentisse troppo sola. Non fu facile convincerli, volevano punirla duramente e farle sentire tutto il disprezzo per il suo comportamento, ma alla fine cedettero. Così in quei tristi giorni prima della sua morte passai parecchio tempo con Adelaide. Passavamo molto tempo a disegnare e a giocare con la sua bambola. Pensate che mi permetteva addirittura di portarla in giardino cosa che neppure lei stessa aveva mai fatto per paura di rovinarla. Diceva: *"Io sono rinchiusa qui, ma almeno lei potrà respirare un po' di libertà"*. Ogni volta che lo diceva mi veniva da piangere, anche se ero contenta di poterci giocare, pur se in circostanze così tristi. Comunque per tutto il tempo in cui stavo in giardino, lei stava alla finestra a guardarmi giocare. Era una bambola veramente stupenda, l'aveva chiamata Cecilia; molti collezionisti amici della famiglia avevano chiesto di comprarla, ma il signor Gregorio si era sempre rifiutato, perché non voleva toglierla a sua figlia. Ora che mi ricordo - riprese dopo un momento di silenzio - un giorno, mentre stavo giocando fuori e lei era alla finestra, venne al cancello un uomo vestito elegantemente; mi chiamò dicendo che voleva vedere la bambola perché era un collezionista. Io gli dissi che la bambola non era in vendita perché la padroncina non voleva e lui

mi disse: *"Che peccato, mi accontenterò di guardarla"*. Gliela lasciai prendere e la guardò a lungo, poi mi ringraziò e mi disse: *"La tua padroncina è fortunata ad avere una bambola così. Dille che passerò qualche volta ad ammirarla ancora e se deciderà di venderla io sono disposto a comprarla!"*. Poi se ne andò. Io riferii la conversazione ad Adelaide, la quale fu molto contenta e, infatti, dal quel giorno mise sempre molta cura nel vestire Cecilia, ogni volta che andavo a giocare fuori. *"Dobbiamo vestirla bene"* diceva *"Quel collezionista mi sembra molto esperto e voglio che veda tutto il suo corredo, in fondo ormai sono grande per giocare con lei e forse è ora che mi decida a darla via"*. Lo vidi parecchie volte quel collezionista, prima della tragedia, poi non si è più fatto vedere, forse avrà pensato che non era il momento per parlare di una bambola ad un famiglia in lutto e poi loro si trasferirono... -.

Sara era pensierosa. Marco la guardò preoccupato; sapeva che quando la sorella aveva quell'espressione era perché le stavano frullando in testa idee strane. Anche Yuri la stava fissando, ma era uno sguardo diverso, tanto che Sara se ne accorse subito e per qualche attimo lo ricambiò, poi lo distolse, mentre le guance le prendevano fuoco. Riscossasi chiese alla signora

- Quindi la bambola è rimasta nella villa? -.

- Certo - rispose - insieme al diario. Eugenio voleva regalarmela, ma io non volli, mi sembrava più giusto che rimanesse lì -.

Quando uscirono il temporale era passato.

- Secondo voi Eugenio è ancora vivo? - chiese Sara.

- Lo sapevo che quella tua aria pensierosa di prima non prometteva nulla di buono - disse sconsolato il fratello.

- Ho solo fatto una domanda! - lo rimproverò lei.

- Si, ma scommetto che nascondeva qualcosa! - insinuò Marco.

- E va bene - ammise la ragazza - se è ancora vivo mi piacerebbe conoscerlo.

Tutti si guardarono, ma non si stupirono più di tanto; ormai avevano capito che quando Sara aveva un'idea era impossibile fermarla.

- Non lo so - fece Yuri - Ma, se vogliamo, posso scoprire l'indirizzo al quale abitava quando mia nonna si è sposata, magari come ha detto lei, vive ancora lì. Ci penso io, tanto stasera sono a cena da lei, troverò il modo per farmelo dire senza che sospetti di nulla. Però sono passati tanti anni, nel frattempo può essere andato chissà dove o essere morto.

- Non importa - disse Sara senza scoraggiarsi - tentar non nuoce!

****

- Ti vedo pensierosa! - disse Marco alla sorella, mentre tornavano a casa - Stai pensando a Eugenio, se lo troveremo? -.

- Sì e no - rispose enigmatica la sorella.

- In effetti, anche se lo troviamo, non è detto che voglia parlare con degli estranei di una faccenda personale - continuò il fratello.

- Già - rispose distrattamente Sara, che in quel momento non stava pensando, né a Eugenio, né alla villa, ma a Yuri e agli sguardi che per tutto il giorno si erano lanciati a vicenda. Non vedeva l'ora che fosse sera per rivederlo, anche se non riusciva ad ammetterlo con se stessa, perché non capiva cosa stava succedendo nel suo cuore e soprattutto se stava succedendo veramente a lei. Ma era un sentimento che la rendeva felice e si sentiva benissimo quando era con lui.

CAPITOLO VII

Erano circa le 9.00 quando il mattino successivo i ragazzi si incontrarono in riva al lago con le loro biciclette. "Per fortuna che mamma e papà hanno pensato che potevano esserci utili!" aveva pensato Sara quando, la sera prima, avevano deciso di fare questa gita a Baveno, dove, secondo quanto aveva detto la signora Emma al nipote, viveva Eugenio quando si era sposata. Yuri aveva scoperto che il fratello di Adelaide viveva ancora lì quando era nato suo padre, perché era stato invitato al battesimo, ma non era andato a causa di affari urgenti. Certo non era garanzia che fosse ancora lì dopo 40 anni, ma era già qualcosa, era pur sempre un punto di partenza, aveva pensato Yuri che ormai iniziava a ragionare come Sara. Naturalmente non avevano detto nulla ai genitori del vero scopo della gita; non li avrebbero di certo mandati e poi avrebbero dovuto dare troppe spiegazioni sulla villa e Eugenio; già era stato molto difficile ottenere il permesso di andare fin lì, soprattutto per i genitori di Sara che non conoscevano le zone. Tutto doveva rimanere segreto, almeno fino a quando non avessero scoperto qualcosa di più. Così salirono sulle bici e iniziarono a pedalare, ma tranquillamente perché altrimenti non ce l'avrebbero fatta a percorrere 6,5 Km in bici col caldo che faceva.

****

Mentre andavano lungo la pista ciclabile che costeggiava il lago, il paesaggio si susseguiva lento e sempre uguale; i ragazzi si godevano il panorama. Pedalavano in fila indiana, tranne Sara e Yuri che procedevano affiancati chiudendo la fila e continuando a lanciarsi quegli sguardi e sorrisi che facevano impazzire di gioia la ragazza. Oltre la barriera di protezione della pista, c'era un tratto di prato coperto di margherite il cui bianco smagliante era interrotto qua e là dalle macchie azzurre dei nontiscordardimé. Dopo di che si stendeva il lago, le cui acque erano leggermente increspate dall'arietta del mattino che, per fortuna, rinfrescava la zona. Le montagne li circondavano come in un abbraccio e contribuivano a rendere magico quel paesaggio con la loro imponenza.

****

Giunsero a Baveno e iniziarono a costeggiare il lungolago pieno di turisti che passeggiavano o seduti ai bar che si susseguivano uno dopo l'altro con le loro sedie e i loro ombrelloni. Ad un certo punto gli otto amici si fermarono in uno spiazzo che si apriva nella passeggiata. Era fresco perché circondato da palme che facevano ombra e al centro vi era una piccola fontana. Si avvicinarono ad una panchina, di quelle di cemento senza schienale, posarono le biciclette e, prima di continuare le ricerche, o meglio le "indagini" come le chiamavano ormai scherzosamente, fecero merenda con dei panini che si erano portati da casa.
- E adesso cosa facciamo? - chiese Milena, quando tutti si furono ripresi dalla pedalata.
- Mia nonna ha detto che Eugenio abitava in un palazzo signorile nella stessa via della chiesa dei Santi Gervasio e Protaso, ecco ho qui l'indirizzo - rispose Yuri togliendo dalla tasca dello zaino un foglietto spiegazzato - andiamo a chiedere in quel bar dove si trova - aggiunse indicando l'unico bar che si affacciava sulla piazzetta e non sul lungolago.
Lui e Sara si allontanarono in quella direzione seguiti da dodici paia di occhi che subito si scambiarono sguardi e risolini. Tornarono poco dopo col sorriso stampato in volto. Tutti li guardarono aspettando con impazienza.

- Non è molto lontana da qui - disse Yuri gongolando - mi sono fatto spiegare bene come arrivarci.

- Molto bene! - esclamò Pietro - Cosa stiamo aspettando? Andiamo! -.

- Calma - lo fermò la sorella - una volta che siamo lì che scusa ci inventiamo per parlare ad Eugenio? Sempre ammesso che viva ancora lì-.

Stettero qualche minuto in silenzio riflettendo. Poi Sara fece la sua proposta.

- Potremmo dire che qualcuno di noi deve fare una ricerca scolastica su un edificio antico e che, visto che siamo in vacanza a Mergozzo, abbiamo pensato che la villa sarebbe stata l'ideale -.

- E questa ti sembra una scusa plausibile? - la apostrofò quasi con disprezzo Tatiana - Se succedesse a me non vi farei neanche entrare in casa -.

Sara si dispiacque di questa risposta così dura. Per un attimo si creò una certa tensione tra le due. Poi Yuri rimbeccò Tatiana.

- Hai forse idee migliori? -.

La ragazza non rispose e gli altri approvarono la proposta di Sara anche perché, proprio come aveva detto Yuri, nessuno aveva avuto idee migliori. Certo si rendevano conto che difficilmente sarebbero stati ricevuti con una scusa del genere, ma del resto non erano investigatori professionisti e procedevano per tentativi.

Decisero di andare a piedi. Legarono le biciclette e si incamminarono nella direzione indicata dal barista. Mentre camminavano Sara ripensò alle parole dell'amica, non le sembrava di averle fatto niente per meritare una risposta del genere. Una mano sulla spalla la riportò alla realtà; era Yuri che la guardò e le sorrise, poi le sussurrò in un orecchio di non preoccuparsi, che Tatiana era fatta così, a volte trattava male la gente senza neanche accorgersene.

- La tua è stata un'ottima idea - concluse il ragazzo. Attirò a sé Sara, tirandola per la tasca dei pantaloncini neri, e le circondò i fianchi con un braccio. La ragazza non si preoccupò più di Tatiana.

Si sentiva strana, percepiva che tra lei e Yuri c'era qualcosa che non comprendeva alla perfezione; l'unica cosa che capiva in quel momento, mentre lui la stringeva, era che non voleva certo tirarsi indietro ed anzi era felicissima, si sentiva naturale, a suo agio e ricambiò appoggiandogli la mano sulla spalla.

****

Arrivarono nella via scritta sul foglietto e oltrepassarono la chiesa dei Santi Gervasio e Protaso. Lessero sul cartello giallo di fianco al portone d'ingresso che si trattava di una chiesa romanica rimaneggiata in età barocca, ricca di affreschi del Cinquecento e anche più antichi. Decisero che al ritorno sarebbero entrati a visitarla.

Giunsero davanti al numero della via indicato dalla nonna di Yuri. Si fermarono davanti al portone senza sapere bene cosa fare, finché Tommy si avvicinò al citofono e si mise a leggere i nomi.

- Sì! - esclamò girandosi di scatto verso di loro - Qui c'è il nome De Lais -.

Tutti si avvicinarono e lessero. Un primo passo era fatto ora non restava che entrare. Pur senza sapere cosa rispondere decisero di suonare; stavano per farlo quando il portone si aprì e uscì una signora anziana che portava al guinzaglio un piccolo barboncino nero. Il cane, appena li vide si mise ad abbaiare. Rachele fece un passo avanti.

- Scusi Signora, il Signor De Lais abita qui? - domandò con gentilezza.

L'anziana la degnò appena di uno sguardo, poi osservò lo strano gruppetto e fece una smorfia

- Se c'è il cognome sul campanello evidentemente sì... o non sapete leggere? -.

Poi senza aggiungere altro, zoppicando, si allontanò trascinandosi dietro la bestiola che continuava ad abbaiare.

- Grazie per la disponibilità e gentilezza - rispose tra i denti con sarcasmo Rachele, poi si voltò verso gli amici che stavano ridendo in sordina.

Nel frattempo Tommy era riuscito a non far chiudere il pesante portone e tutti, uno dopo l'altro, entrarono nell'atrio cupo e umido, da cui partiva uno scalone grigio; in mezzo alla tromba delle scale c'era l'ascensore, ma erano troppi per prenderlo e decisero di farsela a piedi, tanto, avevano visto sulla buca delle lettere, erano solo tre piani.

- Questo silenzio mette i brividi - bisbigliò Tatiana, che da quando aveva "litigato" con Sara non aveva più aperto bocca.

Salirono fino al terzo piano e si fermarono di fronte alla porta, indecisi se suonare il campanello o andarsene. Stettero così per qualche minuto poi Tommy ruppe il silenzio.

- Allora suoniamo o no? -. Si guardarono sempre in assoluto silenzio.

- Siete sicuri di voler andare avanti con questa storia? - disse allora sottovoce Rachele. - A me sembra assurda! Fossi io al posto di Eugenio non mi sognerei mai di far entrare in casa mia un gruppo di ragazzini che vuole scavare nel mio passato. Secondo me ci siamo spinti anche troppo avanti -.

- Ragazzi ma che vi succede? - disse incredula Milena - Se non sbaglio sia ieri sera che stamattina eravamo tutti più che convinti di venire qui. Ormai ci siamo, facciamo un tentativo... male che vada ci sbatte la porta in faccia -. E prima che gli altri potessero ribattere qualcosa suonò il campanello. Per qualche secondo non sentirono nulla. Milena stava per suonare di nuovo, quando sentirono avvicinarsi un lento sciabattio. Non volava una mosca, tutti avevano il fiato sospeso. Lentamente la porta si aprì e fece capolino una donna anziana e curva sotto il peso degli anni: doveva essere la cameriera. Indossava un vestito nero con sopra un grembiule bianco e una cuffietta, dello stesso colore, che le pendeva leggermente di lato. Sembrava appena uscita da un film ambientato nell'Ottocento, pensarono i ragazzi; una di quelle vecchie cameriere, sempre impeccabili, che passano la loro vita a servire in lussuose case signorili. Ma questa sembrava provenire da un film di second'ordine: le ciabatte rotte e l'orlo scucito della gonna le davano un che di trasandato, mentre i capelli grigi che sfuggivano abbondantemente dalla cuffia sembravano non vedere un pettine da parecchi giorni. La vecchia li squadrò con aria interrogativa da capo a piedi, aggrottando le sopracciglia ispide.

- Cosa volete? - chiese poi brusca senza togliere loro gli occhi di dosso.

- Vorremmo parlare col signor Eugenio se è in casa. - disse Yuri.

- E perché mai? - continuò con tono meravigliato e sospettoso.

- Beh... - fece Yuri che non sapeva come continuare, perché i modi della vecchia lo mettevano a disagio. Poi una stretta di mano di Sara gli infuse di nuovo un po' di coraggio e proseguì - Vede signora, noi veniamo da un paese qui vicino, quello dove si trova la vecchia villa De Lais... e abbiamo bisogno di informazioni sulla villa per una ricerca scolastica. -.

- Uhm... - mugugnò la vecchia squadrandoli nuovamente - non penso che il signore abbia voglia di parlarne. Comunque provo a domandarglielo. Entrate - continuò poi aprendo la porta - ma fate attenzione a non toccare niente. Conosco voi giovani, sareste capaci di rompere subito qualcosa, non avete rispetto per nulla -.

Entrarono titubanti uno dopo l'altro. La cameriera chiuse con cura la porta, li squadrò nuovamente e poi fece loro segno di seguirla in silenzio lungo il corridoio in penombra. Li fece accomodare, se così si può dire, in un salottino angusto e semibuio senza neppure una sedia. La moquette, la tappezzeria e le tende, tutto di un verde cupo, rendevano ancora più tetra quella minuscola stanzetta in cui c'era solamente un tavolino tondo, con sopra un vaso di fiori secchi ormai spelacchiati.

- State qua in silenzio e senza muovervi! - disse la vecchia, ma più che un invito sembrò loro un vero e proprio ordine. - Vado a chiedere al signore se è disposto a ricevervi -. E chiuse con molta delicatezza la porta dietro di sé. Sentirono il suo lento sciabattio allontanarsi.

E il secondo passo era fatto. Almeno ora sapevano dove abitava Eugenio e soprattutto che era ancora vivo. Mancava solo il terzo passo, il più difficile: riuscire a parlargli.

CAPITOLO VIII

Gli otto amici si guardarono senza sapere se essere contenti o aver paura di essere capitati in una casa fantasma. Osservarono in silenzio la stanza spoglia eccetto che per il tavolino e le pareti quasi interamente ricoperte di quadri pieni di polvere.

- Avete visto?! - esclamò Milena per rompere quel silenzio, che iniziava a farle venire l'angoscia - Per ora ce l'abbiamo fatta -.

- Per ora... hai detto bene - ribatté Tatiana - Ma ora viene la parte più difficile: convincerlo a parlare della villa, e poi non è detto che ci riceva, hai sentito la vecchia! -.

- Va beh... non essere così pessimista. Prendiamo le cose un poco per volta. Per ora siamo riusciti almeno a trovare la casa e ad entrare. Ora non ci resta che aspettare - continuò Milena.

Non parlarono più e nell'attesa si misero ad osservare i quadri.

I minuti sembravano non passare più in quel buco di stanzetta dove iniziava a fare caldo, dato che la finestra era chiusa; nessuno aveva il coraggio di aprirla.

Finalmente la porta si aprì e fece capolino la testa disordinata della vecchietta.

- Il signore ha detto che vi parlerà! - disse - Ma...! Chi l'avrebbe detto! Pensavo che vi avrebbe cacciato - aggiunse poi con una punta di delusione nella voce.

Li accompagnò lungo il corridoio, su cui si affacciavano le altre stanze della casa le cui porte erano tutte chiuse. Il poco di luce che permetteva di guardare dove si mettevano i piedi, penetrava da un piccolo lucernario. Li condusse fino al fondo del corridoio, senza smettere di borbottare che il padrone doveva aver perso la testa per fare entrare un gruppo di "teppistelli" in una casa rispettabile come la sua. Entrò nell'ultima stanza a destra e loro la seguirono senza fiatare. Quando tutti furono entrati, li squadrò un'ultima volta corrugando la fronte e poi uscì chiudendo la porta.

I ragazzi si guardarono. Anche quella era fatta, erano stati ricevuti. Una strana euforia li pervase, si sentirono sempre più coinvolti in quella strana vicenda, lontana nel tempo, ma insieme così vicina; estranea alla loro vita, ma di cui ormai si sentivano parte. Di nuovo percepirono come una presenza intorno a loro: Adelaide era lì! Riscossisi da questo stato si guardarono intorno. La stanza era ampia e illuminata da una grossa finestra, ma la moquette rosso cupo e le pesanti tende, dello stesso colore, seppur tirate, provocavano la stessa sensazione soffocante del salottino. Le due pareti laterali erano occupate da due enormi librerie di legno scuro che arrivavano fino al soffitto; erano piene di volumi e libri di ogni genere, che riempivano l'aria del loro odore di carta ammuffita come si sente talvolta entrando in una biblioteca. Di fianco alla finestra c'era un camino che nonostante il caldo estivo era acceso.

- Per fortuna che la finestra è aperta o si soffocherebbe qui dentro! - disse sottovoce in un orecchio Sara a Yuri continuando a stringergli la mano e a guardarsi intorno.

Di fronte al camino c'era una grande scrivania di mogano scuro ingombra di fogli e libri, dietro cui, seduto su poltrona di velluto marrone, con in mano un bastone, un ometto dalla pelle rugosa, li guardava con aria torva e interrogativa tamburellando nervosamente sul bracciolo. I capelli, seppure bianchi, erano pettinati con cura e i baffi erano ordinati. Non una goccia di sudore gli imperlava il viso, nonostante il caldo, il camino acceso e il fatto che fosse vestito di tutto punto. Il suo aspetto era fiero, elegante e signorile, un po' in contrasto con la sciatteria della sua cameriera.

- Ebbene? - esclamò all'improvviso - avvicinatevi, non state lì impalati -.

I ragazzi si avvicinarono intimoriti: la voce, benché roca a causa dell'età, era autoritaria.

- Allora, cosa volete? - riprese, senza smettere di fissarli coi suoi occhietti piccoli, ma penetranti -.

Perché vi interessa la vecchia villa De Lais? Ormai è chiusa da più di mezzo secolo e nessuno vi mette più piede, né ve lo metterà, sono stato chiaro? E questo è tutto quello che ho da dirvi! Ora se volete scusarmi... non ho tempo da perdere con un gruppo di ragazzetti ficcanaso -. E indicò loro la porta.

- Un momento - fece allora Tommy, che, come gli altri, non aveva nessuna intenzione di essere messo alla porta dopo essere arrivato fin lì, senza nemmeno avere qualche notizia su Adelaide - Abbiamo conosciuto la storia di Adelaide e ne siamo rimasti molto colpiti; volevamo saperne qualcosa in più -.

Al sentire il nome della sorella Eugenio, sgranò gli occhi e li fissò su di loro con un'aria a metà tra la meraviglia e la collera; mentre Milena tirava a Tommy una gomitata: non era quello il piano; Adelaide non avrebbero dovuto neppure nominarla.

- Chi ve ne ha parlato? - chiese, Eugenio e i ragazzi si accorsero che stava facendo uno sforzo enorme per dominarsi e non cacciarli fuori urlando. - Quella è una storia chiusa, esattamente come la villa. Se ne parlò già troppo cinquant'anni fa, quando avvenne. Per questo io e la mia famiglia ci trasferimmo. Ma comunque sia, non sono cose che vi riguardano. Sono problemi della mia famiglia; il suo buon nome è stato infangato abbastanza già allora e non voglio che lo sia di nuovo riportando alla luce cose ormai sepolte da tempo. La mia era una famiglia rispettata! -.

- Nessuno lo mette in dubbio, signor Eugenio - riprese Sara - ma è sicuro che non l'abbia infangato di più il suicidio di sua sorella che una semplice e inoffensiva storia d'amore?!-.

Eugenio la fissò con odio, il suo viso si era fatto paonazzo per la rabbia e le mani gli tremavano, tanto che il bastone stava per cadere. Poi si alzò a fatica appoggiandosi al bastone e si avvicinò al camino pensieroso. Stette così alcuni minuti. Non volava una mosca. L'aria era immobile e l'atmosfera tesa. Poi si girò.

- Tu non puoi capire, ragazzina insolente -. Poi continuò come se parlasse a se stesso - nessuno può capire... Vorrei proprio sapere come siete venuti a conoscenza di tutta questa storia! -.

- Immagino si ricordi di Emma Fanelli?! - disse allora Yuri che aveva pensato che nominarla lo avrebbe reso meno restio a parlare.
- Certo che me ne ricordo - disse allora con una voce meno dura - La piccola Emma! Passava molte ore con Adelaide! Ebbene? -.
- Io sono suo nipote e ha raccontato spesso, a me e ai miei amici, quello che è successo – continuò Yuri incoraggiato da quel, seppur impercettibile, cambiamento – Per tanto tempo l'abbiamo presa come una normale storia di quelle che si raccontano ai bambini. Ma ora che siamo cresciuti è cresciuta anche la nostra curiosità e vorremmo saperne qualcosa di più! -.
- Sono contento di averti conosciuto allora. Ma di questa storia non vi dirò una parola di più. Vi ripeto che è sepolta da tanto tempo e tale deve rimanere. Non vi hanno insegnato i vostri genitori che la curiosità è una brutta bestia e non si addice a dei ragazzini come voi? Quindi se volete scusarmi... -.
disse indicando loro la porta con un tono di nuovo duro, che non ammetteva repliche né ulteriori domande - Damiana! -. Urlò poi in direzione della porta mentre si abbandonava sfinito sulla poltrona, come se ricordare quegli avvenimenti lo avesse privato di ogni energia. La cameriera entrò trascinando come sempre i piedi.
- Fai uscire subito questi ragazzini impertinenti! - le ordinò. Poi si girò verso la finestra aperta e si mise ad osservare gli alberi del cortile.
I ragazzi uscirono dalla stanza; ma mentre Sara e Yuri, che erano rimasti ultimi, uscivano, Eugenio si girò verso di loro. - Salutami la piccola Emma! - disse con un tono che ai due ragazzi sembrò gentile, rispetto a quello usato durante tutto il colloquio. Poi tornò a fissare lo sguardo sul panorama della finestra. Yuri uscì, chiudendo delicatamente la porta alle sue spalle.

CAPITOLO IX

Quando furono in strada si guardarono. Nello scendere lo scalone nessuno aveva aperto bocca ripensando in silenzio al colloquio con Eugenio; la loro curiosità non era certo stata appagata, ma allo stesso tempo erano contenti. Era stato uno strano incontro e strano era lo stesso Eugenio. Tutti avevano avuto l'impressione che quella vicenda fosse ancora ben viva nella sua memoria e non sepolta, come aveva detto lui. Anzi, erano più che convinti che nascondesse qualcosa, ma non sapevano cosa, né perché avessero questa strana sensazione, dato che non aveva detto loro più di quello che già sapevano. - Cosa ti ha detto mentre uscivi? - chiese Marco a Yuri rompendo il silenzio.

- Mi ha solo detto di salutare mia nonna. Continua a chiamarla la "piccola" Emma. - rispose divertito dalla cosa.

- A questo punto cosa facciamo? - chiese Sara - Non abbiamo saputo molto, a parte il fatto che per la sua famiglia l'onore e la rispettabilità erano più importanti di qualsiasi altra cosa -.

- Questo ce l'aveva detto anche la signora Emma - disse allora Milena.

-Questo è vero - ammise Sara - ma lui ne ha parlato con un tono molto strano, non so come dire... come se la cosa gli rodesse ancora; sembrava quasi un'ossessione. L'onore è stato sempre al centro dei suoi discorsi -.

- Forse, ha ragione lui - ammise Rachele - Non sono cose che noi ragazzi cresciuti comunque in un mondo diverso possiamo capire. Educato in una famiglia tanto chiusa e bigotta, probabilmente era inevitabile che lui e i suoi fratelli venissero su con queste idee-.

- Fortuna che almeno Adelaide era un po' "anticonformista"! - disse allora Milena.

- Si, ma guarda che fine ha fatto - la smontò subito Tatiana - chissà cos'avremmo fatto noi al suo posto?! -.

Ci fu di nuovo un momento di silenzio. Poi Pietro, che tra tutti era quello che meno si lasciava andare a momenti di tristezza, prese la parola.

- Già che siamo qui facciamo un giro per il paese?- disse - E magari mangiamo qualcosa? Non so voi, ma io ho fame! -.

- Penso sia una buona idea - approvò Tommy - la tensione in casa di Eugenio mi ha messo appetito -.

- Per te ogni occasione è buona per mettere qualcosa sotto i denti - disse Milena ridacchiando - Sei peggio di Ciccio di Nonna Papera! -.

****

Prima di tornare alle biciclette si fermarono a visitare la chiesa vista prima e poi andarono sul lungolago a mangiare un bel gelato, un po' per festeggiare il colloquio con Eugenio, un po' per consolarsi del fatto che non ne avevano ricavato molto!

Nonostante quel piccolo insuccesso, non volevano darsi per vinti. Avrebbero continuato le loro "indagini" come le chiamavano ormai. Anche se non sapevano in realtà cosa stessero cercando, sentivano che in quella vicenda c'era qualcosa di misterioso e prima o poi lo avrebbero scoperto. E comunque fosse andata, erano contenti, perché la loro amicizia si stava rafforzando ogni giorno di più.

CAPITOLO X

Il giorno successivo tornarono alla villa. Ormai si sentivano autorizzati ad entrare in quel giardino come se fosse di loro proprietà; e di fatto quella casa, col suo giardino e la sua misteriosa storia, era diventata parte di loro. A volte si sentivano estranei, profanatori di un mistero ormai sepolto nell'oblio del tempo. Ma la sensazione svaniva appena penetravano in quel mondo così vicino eppure così lontano, così reale eppure così nebuloso.

Non appena ebbero coperto la breccia del muro con l'edera, furono avvolti dal profumo dell'erba e dei fiori, mossi dal piacevole venticello mattutino. Subito si diressero verso i due castagni, ma quando furono davanti al portone principale Sara e Milena si fermarono a fissarlo, poi, mentre gli altri procedevano facendosi strada tra l'erba alta, si avvicinarono e salirono i cinque gradini di pietra, ormai malridotti. Sara toccò il legno che, nonostante l'umidità e gli anni, sembrava ancora molto resistente. Subito ebbe come un brivido che le percorse la schiena e si girò verso Milena, che stava osservando attentamente lo stemma della famiglia su cui c'erano ancora tracce di colore che dal cancello non si vedevano.

- Cosa c'è? - chiese Milena quasi spaventata.

- Non lo so - rispose Sara fissando l'amica - Ma appena ho toccato la porta ho sentito come dei brividi di freddo! È stata una strana sensazione! -.

- Sarà solo suggestione! - disse Milena alzando le spalle e osservando il portone - Questo posto è abbandonato e fatiscente... è normale che metta i brividi! Però sarebbe bello vedere la villa all'interno...-. - Ehi voi due! - si sentirono chiamare da Tommy - cosa fate lì? Se passa qualcuno davanti al cancello vi vede, venite via! -.

Le due ragazze raggiunsero il gruppo; il discorso di Milena era stato interrotto, ma le due amiche lo continuarono con gli occhi e scoppiarono a ridere senza che nessuno capisse il motivo. Quando giunsero alla tomba videro che i fiori erano stati di nuovo sostituiti con altri fiori freschi, ma non se ne meravigliarono più di tanto, anzi se lo aspettavano. Entrando nel giardino avevano avuto la sensazione che qualcun altro fosse stato lì, e chi poteva essere entrato nel giardino se non il misterioso "portatore dei fiori"? Li aveva sfiorati l'idea che qualcun altro potesse conoscere l'entrata del giardino, ma l'avevano scartata; in quel momento si sentivano gli unici che a pieno diritto potevano penetrare nel giardino, poiché unici "depositari", per così dire, del suo mistero. Si sedettero intorno alla lapide.

- Ammettiamo che non sia Eugenio a portare i fiori - fece allora Pietro esprimendo quella che era la curiosità di tutti - Chi è allora?! -.

- È quello che stiamo cercando di scoprire, zuccone! - gli rispose la sorella - Ma non abbiamo molte informazioni -.

- Cerchiamo di radunare quel poco che abbiamo - fece allora Yuri sedendosi vicino a Sara, che in quel momento continuava a fissare il portone della villa. - Eugenio non può essere, dato che sono mesi che non esce di casa! -.

- E non credo che la sua cameriera abbia la forza per arrivare fin qui! - continuò Rachele pensando alla vecchietta che a stento si trascinava per le stanze della casa. - E se fosse tua nonna Yuri? -.

- Stai scherzando? - chiese incredulo il ragazzo - Era affezionata alla famiglia De Lais, ma non credo che venga qui. Penso che non sappia neppure della breccia nel muro! Tu cosa ne pensi Sara? -.

La ragazza si riscosse come se non si ricordasse neppure dove si trovava. Gli altri la fissarono aspettando una risposta.

- Tutto bene? - chiese Yuri accarezzandole il braccio.

- Sì certo - disse Sara - stavo solo pensando una cosa! -.

- Questo significa che dobbiamo preoccuparci? - chiese il fratello, mentre gli altri scoppiavano a ridere. - Forse un po' - fece Milena che aveva capito benissimo che la mente dell'amica, in quegli ultimi cinque minuti, non era stata lì con gli altri, ma aveva vagato all'interno della villa. Lei, tanto chiusa e schiva nei confronti delle persone e delle situazioni nuove, si sentiva ora in sintonia con quella ragazza che conosceva da pochi giorni e che aveva condotto tutti in quella stravagante avventura. Sentiva che Sara le stava trasmettendo un po' di quell'energia e di quell'intraprendenza che la contraddistinguevano e questo le dava forza e anche voglia di mettersi in gioco. - Prima ci siamo fermate davanti al portone, da lì si vede bene lo stemma della famiglia...! - continuò restando sul vago.

- ...E avete pensato che sarebbe bello entrare nella villa! - concluse la frase Yuri, al quale non era certo sfuggito lo sguardo rivolto alla casa da parte di Sara. Del resto ormai non si meravigliava più delle idee che le frullavano in testa, perché proprio quelle idee li avevano condotti in quella bella e strana avventura. Inoltre, sentiva per quella ragazza qualcosa che era di gran lunga superiore all'amicizia e soprattutto si sentiva ricambiato. A volte gli capitava di pensare di essere lui ad illudersi, ma quando Sara gli lanciava certi sguardi o ricambiava i suoi abbracci, l'illusione svaniva e si convinceva che c'era speranza per quel "qualcosa in più".

- Voi siete pazze! - disse allora Marco, ma non aggiunse altro perché si rese conto di essere d'accordo con l'idea strampalata di sua sorella; era anche lui curioso di vedere l'interno della villa e ormai il fatto di fare cose proibite e di nascosto non lo spaventava più, ma anzi lo inebriava; il pensiero di scoprire e esplorare qualcosa di nuovo gli dava la stessa sensazione che, da bambino, provava la mattina di Natale quando vedeva tutti i pacchetti sotto l'albero e sapeva che ognuno nascondeva una sorpresa e, allora, si sbrigava a scartarli. Si girò verso gli altri, che stavano fissando la villa, e capì di non essere il solo a pensare queste cose.

- E va bene! - fece allora Tommy - facciamo anche questa... tanto ormai... pazzia in più, pazzia in meno...! -.

Sara e Milena si guardarono soddisfatte. Ma subito la domanda di Tatiana incrinò la loro allegria.

- Ok, a tutti interessa entrare - iniziò. Poi, fissando Sara, continuò con tono canzonatorio - Ma hai pensato a come entrare? Il portone mi sembra piuttosto massiccio per buttarlo giù a spallate... -.

Sara stava per replicare, ma, delusa, si rese conto del fatto che l'amica aveva ragione; sbuffò e notò che Tatiana sembrava quasi contenta di questa sua piccola vittoria, di averle smontato il progetto.

- Per quello non c'è alcun problema! - la smentì subito Yuri, con il mezzo sorrisetto di chi ha in tasca la soluzione di un tremendo rompicapo.

- Che vuoi dire? - fece allora Sara mentre il suo volto, insieme a quello degli altri, si illuminava di nuovo - Tu sai come entrare? C'è un altro ingresso? -.

- No - rispose Yuri con tutta calma; poi, per creare un po' di suspense, come in ogni giallo che si rispetti, attese qualche secondo e continuò - Semplicemente mia nonna ha la chiave del portone e so dove la tiene! -.

- Ma ne sei sicuro? - chiese Rachele, piuttosto scettica.

- Ma si...! - iniziò il ragazzo sospirando; sapeva di dovere delle spiegazioni - Un paio di anni fa, una domenica che eravamo da mia nonna, mia sorella le chiese di poter giocare con le sue collane, i suoi portagioie e tutte le altre cianfrusaglie che piacciono alle bambine - e qui si interruppe guardando le ragazze, che ricambiarono con un sorrisetto piuttosto inceneritore.

- Beh... - commentò Tommy che le aveva notate - non ditemi che non lo avete mai fatto!

- Certo che lo abbiamo fatto - rispose in tono canzonatorio Milena - ed era anche molto divertente!

- Lo immagino! - esclamò il ragazzo con una smorfia.

- Va beh... andiamo avanti per favore - li richiamò all'ordine Yuri - Insomma, siamo saliti nella camera di mia nonna e mia sorella ha tirato fuori di tutto e di più, tra l'altro obbligandomi a giocare con lei... -.

- Oh ma che carino, mi sarebbe piaciuto vederti pieno di collane di perle intorno al collo! - lo prese in giro Pietro, ma Yuri continuò facendo finta di niente anche se non gli sfuggirono le risatine degli altri. Ad un certo punto mia sorella ha tirato fuori dal cofanetto di legno, che mia nonna tiene sul comò, una chiave grossa agganciata ad una catenella d'oro. Si vedeva che era antica, anche se ben tenuta e per nulla arrugginita. Siamo subito scesi a chiederle a cosa servisse e lei ci disse che era la chiave della vecchia villa De Lais. La famiglia aveva lasciato, come ricordo, ai suoi genitori la chiave che possedevano quando lavoravano lì. E lei, quando si era sposata aveva voluto portarla con sé. Quindi, come vedete - e qui mandò un'occhiata eloquente a Rachele - Ho la soluzione ai nostri problemi. Non penso l'abbia buttata via, mi sembrava molto affezionata a quell'oggetto, come a tutto ciò che riguarda Adelaide -.
- Ma è fantastico! - Esclamò Sara abbracciandolo e dandogli un bacio sulla guancia, ma subito si ritrasse, mentre Yuri la fissava contento anche se un po' imbarazzato. La ragazza non capiva cosa gli fosse preso, però, ripensandoci, non era per niente dispiaciuta e per farlo capire a Yuri gli strinse forte la mano e gli sorrise, con la bocca e con gli occhi.
Gli altri non avevano fatto molta attenzione alla scena; stavano già discutendo della chiave e di cosa avrebbero trovato una volta nella villa. Parlavano come se ce l'avessero già tra le mani, ma Yuri frenò il loro entusiasmo dicendo che prima bisognava impossessarsene senza che sua nonna se ne accorgesse, perché non poteva certo chiedergliela. Tutti si misero allora ad elaborare un piano.
Tutti tranne Tatiana la quale non faceva che pensare a Yuri. Era già qualche mese che provava qualcosa per lui, ma non era mai riuscita a dirglielo, anche perché a lui la cosa non sembrava interessare più di tanto e questo la bloccava. E ora quella "presuntuosa", in pochi giorni era riuscita ad ottenere le attenzioni non solo di Yuri, ma di tutti gli altri col suo comportamento e le sue idee stravaganti! Le lanciò un'occhiata carica di odio.

****

Nel pomeriggio andarono dalla signora Fanelli. Yuri aveva convinto la nonna ad invitare i suoi amici per la merenda, per gustare una delle sue fantastiche crostate. Mentre i nonni si intrattenevano con loro, Yuri sarebbe andato a prendere la chiave, dal momento che era l'unico a sapere dove si trovasse e ad avere libertà di movimenti nella casa. La signora Emma, anche se colta un po' alla sprovvista, fu ben felice della visita e accolse i ragazzi con il solito sorriso allegro e bonario.

- Se Yuri me lo avesse detto prima... - iniziò mentre serviva loro la famosa crostata - forse sarebbe venuta meglio! -.

- Non si preoccupi signora, è fantastica! - rispose Marco che aveva già quasi divorato la sua fetta, come, del resto, tutti gli altri.

Continuarono a mangiare e chiacchierare, finché Yuri, con la scusa di andare in bagno, salì nella stanza da letto dei nonni per prendere la chiave. Gli ci volle qualche minuto per abituarsi alla penombra della stanza, illuminata dal sole che, dalla finestra aperta, filtrava attraverso le tende tirate. In quel momento più che un investigatore si sentiva un ladro; gli dispiaceva dover sottrarre la chiave di nascosto alla nonna, ma era l'unico modo perché la loro impresa non venisse scoperta. Cacciò via ogni dubbio e si diresse verso il piccolo comò di legno di noce. Prima di aprire il cofanetto di legno scuro che vi si trovava sopra, fissò lo specchio

- Avanti Yuri - disse bisbigliando alla sua immagine che vi si rifletteva - non puoi fermarti ora, gli altri non te lo perdonerebbero. In fondo non la rubi, la prendi solo in prestito... e poi rimane sempre in famiglia! -. Ma si fermò di nuovo colto da un dubbio che, se confermato avrebbe vanificato tutto: la chiave era ancora lì? Nella speranza che sua nonna non le avesse cambiato posto fissò il cofanetto Trasse un profondo respiro, poi lo aprì. Iniziò a cercare tra le collane e gli orecchini. Ma non gli ci volle molto: sentì la forma della chiave tra le dita. Era fatta! La tirò fuori;

era sempre legata alla solita catenella. Infilò la chiave in tasca e richiuse con cura il cofanetto. Poi uscì senza far rumore dopo aver dato un ultimo sguardo alla stanza, quasi volesse chiederle scusa per ciò che aveva fatto.

Quando giunse in salotto stavano tutti ridendo a crepapelle.

- Mi sono perso qualcosa? - chiese incuriosito. Si sedette accanto a Sara e le sorrise.

"Missione compiuta" pensò la ragazza. Poi a voce alta disse - Tua nonna ci stava raccontando alcune tue "avventure" di quando eri piccolo... eri proprio imbranato! - e scoppiò a ridere.

- Grazie nonna! - fece il ragazzo in tono semiserio, poi scoppiò a ridere anche lui.

CAPITOLO XI

Di nuovo lo stesso giardino, che ormai conoscevano e sentivano loro; di nuovo la villa che li sovrastava donando a tutto un aspetto sinistro, eppure quella volta c'era qualcosa di diverso: sapevano che stavano per entrare in un mondo nuovo, per quanto così vicino a quello a cui ormai erano abituati. In un'atmosfera piena di attesa, Yuri infilò la chiave nella toppa arrugginita, facendo attenzione a non spezzarla. Poi, lentamente, iniziò a girare la chiave. Ci volle qualche minuto e molta pazienza, ma dopo numerosi cigolii, che sembrarono rompere il magico silenzio di quel luogo, sentirono il tanto atteso scatto della serratura. Yuri tolse la chiave e spinse il pesante portone quel tanto che bastava a creare uno spiraglio per far passare sé e gli altri. Uno per volta entrarono, col fiato sospeso per l'emozione, e richiusero immediatamente.

Iniziarono a guardarsi intorno senza osare parlare.

Di fronte a loro si ergeva un possente scalone; l'ingresso cupo, buio e pieno di polvere, puzzava di muffa e stantio. I tappeti, che ricoprivano quasi tutto il pavimento, fatto di piastrelle nere e bianche, erano bucati e rosi dai topi; i pochi mobili che ornavano l'ingresso erano bucati dai tarli o marci per l'umidità. Sinistri squittii e fruscii indicavano la presenza di animaletti vari che si aggiravano per l'edificio. Si guardarono con aria felice, ma un po' impaurita allo stesso tempo.

- Bene, finalmente ci siamo! - esclamò Tommy e le sue parole rimbombarono tra lo scalone e l'alto soffitto. Un brivido percorse le schiene degli amici.

- E ora - continuò Pietro - che cosa facciamo?

- Andiamo a cercare la stanza di Adelaide, siamo qui per questo, no? - disse Milena come se fosse stata la cosa più ovvia di questo mondo.

Anche se l'atmosfera li scoraggiava e sarebbero voluti tornare indietro, tutti sentivano ormai di essere in ballo e di non poter fare dietrofront.

- Da dove cominciamo? - chiese allora Rachele.

- Proviamo al terzo piano - fece allora Yuri - se non sbaglio, qualche volta mia nonna ha accennato al fatto che le stanze di Adelaide erano proprio vicine al terrazzo dal quale si gettò.

- Bene - disse Milena - Andiamo allora! - e si incamminò per mano a Tommy, seguita dagli altri.

Iniziarono a salire lo scalone continuando a guardarsi intorno. Sapevano di non essere soli: Adelaide era lì con loro.

Di nuovo, Sara e Yuri chiudevano la fila, questa volta tenendosi per mano. Sara era frastornata, ma non sapeva se lo fosse più per il fatto di essere dentro la villa o per la mano di Yuri intrecciata alla sua. Il ragazzo la guardò sorridendo, poi distolse lo sguardo per osservare il mondo che li circondava. A quel punto Sara non pensava più al buio, allo scalone... ad Adelaide. Quella stretta calda e rassicurante le faceva battere il cuore all'impazzata; ogni battito sembrava il rintocco di un pendolo gigantesco che rompeva il silenzio surreale di quella villa, ma che solo lei sentiva. Ad un tratto Yuri le strinse forte la mano. "Anche il suo cuore è un pendolo impazzito!" pensò Sara e ricambiò con vigore la stretta. Lo scricchiolio di un'asse la riportò alla realtà e solo allora si accorse che erano già arrivati al terzo piano. Presero il corridoio di sinistra, completamente buio. Fortunatamente Tommy e Pietro avevano pensato di portare delle torce; non facevano certo una grande luce, ma almeno permettevano loro di non inciampare nei pochi mobili che si trovavano lungo le pareti, per lo più sedie o piedistalli per soprammobili senza niente sopra.

- Le stanze di Adelaide dovrebbero essere le ultime tre sulla destra - disse Yuri dal fondo della fila.

- Scusa ma in quante stanze dormiva? - chiese Sara meravigliata.

- Una era la stanza da letto, una il salottino e l'altra lo studio personale - spiegò allora il ragazzo.

- Però! - esclamò Sara pensando alla sua camera che, per quanto grande, doveva comunque condividere col fratello.

Arrivarono davanti alla porta delle stanze indicate da Yuri, l'ultima prima della porta-finestra che portava in terrazza, e si fermarono un istante, come per raccogliere il coraggio; poi la aprirono ed entrarono. Si ritrovarono nella stanza da letto. Le persiane erano cadute o pendevano pericolanti fuori dalle finestre, così che fortunatamente la luce penetrava nella stanza. Di fronte a loro il letto a baldacchino occupava metà della stanza. Il legno del letto, del comò e delle sedie era tarlato; il tettuccio di stoffa del baldacchino pendeva come il lenzuolo lacerato di un fantasma agonizzante. Mancavano le tende, ma non i tappeti che erano nelle stesse condizioni degli altri sparsi per la casa. Sulla parete alla loro destra c'era una porta, come quella di ingresso della camera; la aprirono e si ritrovarono nel salottino. La situazione di persiane, tende e mobili era sempre la stessa; qui c'erano un divano di velluto color verde marcio, una sedia a dondolo con sopra dei cuscini ormai sventrati dai topi, un tavolino con due poltroncine e un'enorme cassapanca di legno scuro. Proseguirono nella stanza attigua: lo studio. Addossata alla parete alla loro sinistra vi era un'enorme libreria che ricordava quella di Eugenio, di legno scuro, piena di libri ingialliti, la parete di fronte era occupata da due poltrone. In mezzo alla stanza, proprio di fronte alla finestra, che dava sul retro del giardino, c'era una grande scrivania.

- Quella dev'essere la scrivania su cui Adelaide scriveva il diario! - disse Yuri, quando tutti furono entrati.

- Quindi dove tua nonna lo leggeva? - continuò Milena.

- Suppongo di sì! - riprese il ragazzo - Mia nonna ha detto che lo teneva nascosto in uno dei cassetti e lo tirava fuori solo per scriverci... Fu lei a dire ai genitori e ai fratelli dove si trovava quando Adelaide morì -.

Senza bisogno di parlarsi si avvicinarono tutti al mobile e lo osservarono attentamente per qualche minuto. Poi decisero di cercare il diario, speravano che il tempo, i topi e l'umidità non l'avessero distrutto del tutto. Provarono ad aprire i tre cassetti della scrivania, ma erano chiusi a chiave. Un velo di delusione coprì i loro volti.

- Ecco - esclamò Tatiana, con un'espressione però che, notarono tutti, sembrava stranamente soddisfatta - siamo venuti qui per niente... Chi ha avuto la brillante idea di entrare qui?! - concluse guardando prima Milena e poi Sara, ma soprattutto quest'ultima, con un atteggiamento quasi di sfida e di superiorità.

- Mi sembrava che fossimo tutti d'accordo! - esclamò allora Milena, con una punta di rabbia.

- Ragazze! – le interruppe Tommy - non mi sembra il momento di litigare; e neppure il luogo.

- Tommy ha ragione - disse allora Rachele - e poi è inutile darci la colpa a vicenda... eravamo tutti d'accordo e siamo entrati tutti insieme! Del resto non potevamo pretendere che andasse tutto liscio, anzi... secondo me siamo già stati più che fortunati a riuscire ad entrare, viste le condizioni della villa... ed è stato comunque molto bello e emozionante... credo! -.

- E poi non è detta l'ultima parola - esclamò Yuri, che per tutto il tempo della discussione aveva armeggiato intorno al cassetto di mezzo - Guardate! - continuò. Gli altri gli si fecero intorno e videro che col suo coltellino era riuscito rompere il legno, ormai tarlato e marcio, intorno alla serratura; ci lavorò ancora per qualche istante finché riuscì a divellere anche il metallo, che senza il legno intorno si staccava facilmente e ad aprire uno spiraglio nel cassetto. A quel punto, aiutato da Pietro e Tommy, iniziò a tirare con tutte le forze il cassetto, che, per il legno ingrossato dall'umidità, era incastrato, mentre le ragazze tenevano ferma la scrivania. Fu più difficoltoso del previsto, ma alla fine si ritrovarono tutti e tre a terra con il cassetto in mano. La situazione era piuttosto comica e infatti scoppiarono tutti a ridere, ma si interruppero subito, perché le loro voci che rimbombavano sulle pareti come un'eco dall'oltretomba li spaventarono.

- È stato quasi meglio del tiro alla fune! - esclamò infine Tommy alzandosi - Ma almeno qui siamo atterrati sul morbido – concluse osservando il tappeto mangiucchiato ai bordi.

Il cassetto non conteneva niente di interessante: carta da lettere ormai ingiallita, un calamaio finemente lavorato e qualche pennino arrugginito. Tolsero anche gli altri due cassetti, con una maggiore facilità rispetto al primo. Uno conteneva due libri di poesie e dei fazzoletti ricamati con le iniziali di Adelaide; nell'ultimo trovarono finalmente, sotto un mucchio di carta da lettere, il famoso diario. In realtà, più che un diario era un quaderno, spesso, con la copertina di pelle marrone. Non aveva lucchetto o altre strane chiusure, era tenuto chiuso semplicemente da un nastro di velluto color cobalto, fermato al centro da una spilla con sopra una rosa di velluto color porpora. Avrebbero voluto leggerlo subito, ma decisero di uscire. Pensavano di essere stati anche troppo lì dentro. Tornarono indietro, ma passando nel salottino si fermarono un attimo ad osservare la stanzetta e si accorsero che su una delle poltrone c'era una bella bambola di porcellana.

- Quella dev'essere Cecilia! La bambola di Adelaide! - esclamò Sara avvicinandosi per osservarla meglio. Era un po' impolverata, ma nient'altro faceva pensare che fosse lì da mezzo secolo; sembrava quasi che il tempo e i topi avessero voluto risparmiarla per rispetto di Adelaide. Aveva un bel vestitino azzurro con sopra un grembiulino blu di pizzo, la cuffietta blu in testa e i boccoli neri che ricadevano sulle spalle. La bocca, dipinta con grande accuratezza, era leggermente socchiusa e si intravedevano i dentini bianchi di porcellana, in un'espressione tanto naturale che sembrava viva e che stesse parlando. Sara la accarezzò delicatamente, quasi avesse paura di offendere Adelaide con quel gesto, poi si riunì agli altri. Scesero in giardino e appena furono fuori respirarono a pieni polmoni l'aria frizzante della tarda mattinata, che portava con sé il profumo del lago e il caldo del sole sempre più alto. L'aria stagnante, opprimente e piena di odore di muffa della villa li aveva quasi nauseati!

Andarono alla tomba di Adelaide dove i fiori erano di nuovo freschi. Non ci fecero caso più di tanto, anzi se lo aspettavano. Si sedettero lì davanti in cerchio e attesero con trepidazione che Milena togliesse il nastro di velluto dal diario. Lo fece con estrema delicatezza per paura di rovinare sia il nastro che il diario, le cui pagine erano ingiallite e incartapecorite; nell'angolo in alto a destra di ognuna di esse c'erano le iniziali *"A.D."*. Poi lo sfogliò con calma, mentre gli altri stavano a guardarla col fiato sospeso. - Insomma! - fece Sara spazientita - vuoi dirci cosa c'è scritto?! -.

- Un attimo - le rispose calma l'amica - sto cercando i punti in cui parla di Ernesto. Sono quelli che ci interessano no?!... Trovato! - esclamò alla fine - sentite qua! - e iniziò a leggere alcune pagine.

Nella maggior parte erano descritti gli incontri furtivi tra i due innamorati, proprio come li aveva raccontati la signora Emma. A un certo punto la ragazza si fermò.

- Beh - fece Pietro - perché ti sei fermata?-.

- Siamo all'ultima pagina... - spiegò Milena lasciando in sospeso la frase, ma tutti capirono ugualmente che si trattava di quella scritta il giorno del suicidio. Con la voce che le tremava un poco, Milena lesse:

12 Giugno 1946
"Amico mio,
questa è l'ultima volta che scriverò sulle tue pagine. La mia vita ormai non ha più senso lontano dall'uomo che amo. Ho disonorato la mia famiglia, infangato il suo buon nome e provocato un enorme dispiacere ai miei fratelli, a mia madre e mio padre, che mi odiano. Mi sento morta dentro e non ho più alcun motivo per continuare questa mia triste esistenza. La terrazza vicino alla mia stanza è proprio bella in questa stagione, ci vado tutte le sere dopo cena per godere della sua vista...ma questa sera sarà l'ultima! Me ne andrò

guardando per l'ultima volta il mio bel lago... solo tre piani e poi tutto finalmente finirà. "
Adelaide

Quando Milena smise di leggere avevano tutti le lacrime agli occhi. Negli attimi di silenzio che seguirono, una strana sensazione li invase... percepivano che qualcuno era lì con loro, qualcuno che sapevano di avere, per così dire, evocato: Adelaide era lì, in mezzo a loro.

CAPITOLO XII

Sara, sempre senza fiatare, per non rompere quello strano e rispettoso silenzio che si era creato, prese il diario dalle mani dell'amica e iniziò a sfogliarlo. Intorno si sentiva solo il rumore dell'erba mossa dal vento e i "respiri" della casa che incombeva su di loro. Tutti pensavano alla vita di Adelaide che proprio lì era nata e proprio lì era finita così tragicamente. Una ragazza come tante... come loro. Una ragazza piena di vita e sogni, uccisa da una società bigotta e attenta solo alle apparenze.

Fu Sara che interruppe per prima quei tristi pensieri.

- Che strano! - esclamò a voce alta, ma come se parlasse più a se stessa.

Gli altri allora a quelle parole si riscossero e osservarono incuriositi la ragazza.

- Cosa? - le chiese Yuri.

- L'ultima pagina... - disse facendola vedere agli amici.

- Non vedo niente di strano - disse Milena - cos'ha che non va? -.

- La scrittura - continuò Sara - è diversa rispetto alle altre pagine! -. Yuri prese il diario e lo osservò.

- Uhm... a me non sembra! - disse infine.

- Guardate bene - riprese lei imperterrita, senza curarsi minimamente dello scetticismo degli amici - E' più piccola e anche più... come dire... "tremolante"! -.

- Abbiamo una grafologa tra noi...! - squittì allora Tatiana con un tono acido e beffardo.

Sara fece finta di non accorgersene, come le aveva suggerito Yuri, e passò il libro a Milena, con la quale ormai aveva instaurato un'intesa perfetta. L'amica lo osservò un attimo, confrontando le pagine; infine disse

- Beh sì... è leggermente diversa, ma non mi sembra così importante! -.

- E poi non vuol dire niente - esclamò Pietro - Probabilmente, visto quello che stava per fare, era agitata e quindi ha scritto più frettolosamente e magari tremava per la paura... non credo che una cosa così si faccia tanto in tranquillità! -.
- Forse hai ragione... - fece allora Sara con voce molto dubbiosa.
- ...Ma non ne sei molto convinta! - continuò per lei la frase il fratello, che sapeva che la spiegazione non aveva soddisfatto la sorella, che vedeva misteri dappertutto.
- Va beh... il problema ora è: che cosa ne facciamo del diario? Lo riportiamo al suo posto? - interruppe allora Tommy prima che i dubbi di Sara li coinvolgessero in qualche altra assurda "indagine".
- Certo che no! - esclamò allora Milena - è stato anche troppo chiuso là dentro, e poi dopo tutta questa fatica... -.
Decisero che per il momento l'avrebbe tenuto Sara nel suo zainetto, dato che era l'unica ad averlo dietro. Il giorno dopo avrebbero deciso cosa farne. Prima di uscire raccolsero delle ortensie e le deposero accanto alla lapide.

****

Stettero un paio di giorni senza andare alla villa, ma continuarono ad incontrarsi per fare lunghe passeggiate e anche qualche gita in canoa o pedalò, rischiando più volte di finire a mollo. I loro pensieri però erano completamente rivolti ad Adelaide, non passava minuto senza che in qualche modo ne parlassero. Rilessero più e più volte il diario. Non riuscivano a capire, ma sentivano che tra quelle pagine c'era nascosto qualcosa. Qualcosa che Adelaide voleva indicare loro, ma non avevano ancora capito cosa. L'unica cosa che era venuta fuori era che alcune pagine al fondo del diario erano strappate, ma niente di più.
Un pomeriggio decisero che erano stati troppo senza entrare nel giardino; così comprarono dei fiori freschi ed andarono a "Villa De

Lais". Niente era cambiato: l'erba perfettamente tagliata, la lapide lucidata e l'immancabile mazzo di fiori freschi del misterioso visitatore. Anche la villa, coi suoi sinistri fruscii e scricchiolii non era cambiata e faceva provare loro la stessa inquietudine delle altre volte, ma ormai erano sensazioni familiari. Anzi, proprio mentre poco prima attraversavano il giardino per andare sotto i due castagni, un'improvvisa folata di vento aveva fatto uscire uno strano ululato dall'interno della villa, ma non li aveva spaventati: sembrava quasi un saluto, come se la casa, abbandonata da tanti anni, dimostrasse la sua gioia per quelle visite frequenti.

Deposero i fiori accanto agli altri, poi stettero qualche minuto in silenzio, in piedi perché poche ore prima c'era stato un violento acquazzone e sia l'erba che la terra erano ancora bagnate.

****

Stavano per andarsene quando Pietro notò delle impronte che non erano le loro e che erano ben visibili proprio grazie alla fanghiglia.

- Sembrano scarpe da uomo! - disse dopo averle fatte vedere agli altri.

- E' vero - disse Yuri - forse appartengono al misterioso portatore dei fiori!

- E' probabile -.

- Questo vuol dire - esclamò allora Sara eccitatissima - che è stato qui poco prima di noi...non può essere venuto né prima né durante il temporale, o l'acqua le avrebbe cancellate! -.

- Già - sospirò Milena - pensate... per poco non l'abbiamo incontrato -.

- Beh... - continuò Pietro - almeno ora sappiamo che è un uomo e quindi possiamo escludere sia la cameriera di Eugenio sia la nonna di Yuri.

- E non è tutto - disse Tommy - Guardate - e indicò loro un particolare cui non avevano fatto caso. Vicino a quella che era l'impronta della scarpa destra c'era uno strano foro. - Potrebbe essere un bastone... - continuò.

- ... Come quello di Eugenio! - completarono gli altri in coro.

- Allora avevamo ragione - disse Milena - è lui che li porta! -.

- Non è detto - la rimbeccò Yuri - non è l'unico uomo col bastone dei dintorni! -.

- Ma almeno il campo si restringe ulteriormente! -.

- Ma...! Forse...! -.

Erano contenti di quella scoperta anche se si rendevano perfettamente conto che non li aiutava minimamente.

Mentre tornavano verso il lago, continuando a fare ipotesi sull'orma, Yuri cambiò improvvisamente argomento.

- Sentite, domani sera i miei non ci sono, vanno via per il weekend... perché non venite a dormire da me? Possiamo mangiare insieme una pizza e poi guardare un film! -.

- Va bene - disse Tommy - però affittiamo un film horror! -.

- Perché? Non ti basta la storia della villa? - chiese ridendo Yuri.

- Beh... certo non lo guarderei lì dentro - rispose facendo ridere tutti.

CAPITOLO XIII

Non fu facile per Sara e Marco convincere i genitori, contrariati perché non vedevano quasi mai i figli. Tuttavia, accorgendosi che finalmente la figlia era contenta delle vacanze e aveva trovato degli amici con cui sembrava andare d'accordo, desistettero quasi subito, non prima però di aver telefonato ai genitori di Yuri.

- Grazie della fiducia! - esclamarono allora i due fratelli con una punta di ironia nella voce.

Comunque sia, tutti si ritrovarono la sera seguente a casa di Yuri; era un bell'appartamento piuttosto grande, con un ampio salotto. Proprio qui, dopo cena, sistemarono per terra delle coperte a mo' di materasso e alcuni cuscini: avrebbero dormito lì perché la camera di Yuri e della sorella era troppo piccola.

Tommy, come promesso, aveva affittato un film horror. Si sedettero sulle coperte a guardarlo, rinfrescati dall'arietta frizzante che entrava dai due finestroni aperti. Tutti si concentrarono subito sul film e nessuno fece caso a Sara e Yuri che si erano messi dietro a tutti, dove era più buio, seduti vicini con le schiene appoggiate al divano. Sara appoggiò la testa sulla spalla del ragazzo che, a sua volta, le circondò le spalle con il braccio. Stettero così per tutta la durata del film.

Quando finì non si addormentarono subito, ma chiacchierarono fino a notte inoltrata sgranocchiando popcorn e patatine. Argomento centrale furono ovviamente Adelaide, Eugenio e la villa. Per tutto il tempo Yuri stette con la testa appoggiata alla spalla di Sara, che lo abbracciava, mentre lui le accarezzava il braccio. Nessuno si accorgeva di nulla (o almeno nessuno lo dava a vedere), anche se Sara temeva si sentissero i battiti del proprio cuore che rimbombavano forti nel suo petto. Capiva che in quelle carezze c'era qualcosa di più di un gesto d'amicizia, sentiva di doverle ricambiare per far felice il proprio cuore e tutta se stessa, ma soprattutto percepiva di essere in piena sintonia con Yuri, coi suoi gesti... una sensazione strana che neppure lei riusciva a spiegarsi. Per la prima volta in vita sua si sentiva in armonia con se stessa e sicura di quel che stava facendo.

Quando gli altri si coricarono, i due ragazzi non aprirono bocca, non servì... bastò uno sguardo per capirsi... e si sdraiarono vicini con la testa sullo stesso cuscino. In quel momento Sara capì che quella notte sarebbe successo qualcosa di speciale.

Si tenevano per mano. Ad un certo punto Yuri iniziò ad accarezzarle con dolcezza i capelli e ad avvicinare il suo viso a quello della ragazza, finché furono fronte contro fronte. Sara, in quel momento non capiva più niente, le sembrava che il tempo si fosse fermato; non pensava a niente, se non a quella mano tra i capelli, alle loro mani intrecciate e tremanti. Non si ricordava neppure degli altri sdraiati vicino. In quel momento, in quella stanza, c'erano solo lei e lui. Non sentiva più alcun suono se non il proprio respiro e quello di Yuri. Finché quel "qualcosa di speciale" avvenne: si baciarono.

Per un po' Yuri continuò ad accarezzarle e tenerle la mano e lei ricambiò, quasi senza accorgersene, come se la mano non le obbedisse più, ma rispondesse automaticamente alle carezze del ragazzo. Temeva che il cuore le esplodesse da un momento all'altro. Si sentiva protetta; quella stretta le dava sicurezza e soprattutto la certezza che ciò che era successo non era stato solo un bel sogno, ma la realtà. Quella mano le faceva toccare il cielo con un dito, ma allo stesso tempo la riportava a terra e le ricordava quanto era accaduto. Dopo un po' si accorse che Yuri si era addormentato, ma lei non ci riusciva. Tenendogli ancora stretta la mano, fissava sul soffitto il riflesso del lampione della via. Le tremavano le gambe, aveva i brividi e i crampi allo stomaco, piangeva come una stupida, ma era felice e avrebbe voluto urlare a tutti quella gioia che provava, ma sapeva di non potere, di doversi trattenere... non poteva certo svegliare gli altri nel cuore della notte. Le ci volle parecchio tempo per calmarsi, poi appoggiò la testa sulla spalle di Yuri e lo circondò con un braccio. Passò tutta la notte senza chiudere occhio, avrebbe voluto dormire, svegliarsi la mattina e salutare Yuri con un sorriso, sentiva la stanchezza piombarle addosso come un macigno, ma non riusciva a prendere sonno. Solo quando il sole era già spuntato da un pezzo riuscì ad addormentarsi. Nel dormiveglia sentì i rintocchi delle campane della vicina chiesa dell'Assunta: erano le sette.

CAPITOLO XIV

- Ehi piccioncini... sveglia! -.

Sara e Yuri aprirono gli occhi ancora frastornati e si accorsero di essere ancora abbracciati. Si guardarono intorno e videro tutti gli atri che li osservavano divertiti... oramai non potevano negare l'evidenza!

- Molto bene! - fece Rachele - un'altra bella coppietta! Credevate che non ci fossimo accorti che ieri sera del film non avete visto niente? Scommetto che non vi ricordate neppure di cosa parla! -.

I due ragazzi si guardarono e scoppiarono a ridere, seguiti da tutti gli altri, tranne Tatiana che, in disparte lanciava occhiatacce a Sara.

- Meno male! - esclamò infine Milena - ora io e Tommy non saremo più gli unici ad essere presi in giro per le nostre "coccole"! -.

Mentre rimettevano in ordine la casa e si preparavano per andare a messa, Sara ripensò alla notte appena trascorsa... le era sembrato che il tempo non passasse mai e che la mattina non sarebbe più arrivata. Ora invece era già lì a placare la curiosità di Milena e Rachele che vollero sapere tutto. Ma la cosa non le dispiaceva; era contenta di non dover tenere tutto per sé, anche perché non ci sarebbe riuscita a lungo. Era un tipo al quale si potevano raccontare tutti i segreti più nascosti, non li avrebbe spiattellati ai quattro venti neppure sotto tortura... purché fossero di altri, ma quando era qualcosa che riguardava se stessa, non riusciva trattenersi dal raccontarla a chiunque. A volte si sentiva quasi "paradossale", le persone normali - pensava - fanno esattamente il contrario, guai spettegolare su se stesse, ma sugli altri... era un lato del suo carattere che ancora non riusciva a capire, ma che a volte la metteva in imbarazzo perché si rendeva conto di dover tacere delle cose su di sé solo dopo averle ormai dette. Fortunatamente lì era tra amici e comunque non era una cosa che doveva essere tenuta segreta, dato che li avevano scoperti. Anzi era contenta di potersi confidare con le due amiche perché si trovava sempre meglio con loro e le sembrava di conoscerle da una vita. Le dispiaceva solo che Tatiana non le rivolgesse quasi più la parola, ma ancora di più le dispiaceva che lo facesse anche con Milena e Rachele, quasi a punirle di questo loro bel rapporto con la ragazza che le aveva "soffiato" Yuri. Ma decise che non poteva rovinarsi quei bei momenti per colpa sua e che presto le avrebbe parlato per chiarire.

Andarono a messa nella chiesa dell'Assunta, poi Sara e i suoi genitori pranzarono dai nonni di Yuri, che volevano conoscere la famiglia di quei "due simpatici ragazzi", come li chiamava nonna Emma.

Rompere il ghiaccio fu più semplice del previsto, pensarono Sara e Marco, che conoscevano i genitori, schivi e sempre chiusi nel loro mondo, con pochissimi amici. Fu un pranzo molto allegro e pieno di buoni piatti casalinghi.

Nel pomeriggio avrebbero di nuovo dovuto incontrarsi per andare alla villa; certo era un po' rischioso di domenica, perché c'erano molti più villeggianti, ma decisero di andarci comunque: avrebbero fatto più attenzione.

- A cosa pensi? - chiese ad un certo punto Yuri a Sara, mentre passeggiavano mano nella mano nel bosco di castagni. Prima dell'appuntamento avevano deciso di fare una passeggiata; la spiaggia era troppo affollata e volevano stare un po' tranquilli.

- A niente! - gli rispose guardandolo di sfuggita, poi rivolse di nuovo lo sguardo a terra, facendo finta di fare attenzione a dove metteva i piedi.

- Ne sei sicura? Mi sembri preoccupata...e stranamente silenziosa! -.

- Sì davvero, non ti preoccupare... sto pensando ad Adelaide! - tentò di rassicurarlo.

- Uhm... se lo dici tu! - e continuò a fissarla, poco convinto di quello che le aveva detto. Poi visto che lei non aggiungeva nulla e continuava a fissare il terreno, anche lui distolse lo sguardo. E, in effetti, aveva ragione a non essere convinto. Sara stava pensando: pensava a quella notte, a Yuri, alle sue carezze... sentiva il suo sguardo puntato su di lei, quello sguardo che tanto la faceva impazzire, ma che allo stesso tempo la faceva sentire strana. Era penetrante e quando lo incontrava si sentiva come una sfera di vetro trasparente... sapeva che non lo aveva minimamente convinto del fatto che non avesse niente, ma non sapeva come dirgli che quello a cui stava pensando non era niente di brutto, anzi... stava pensando a quanto era felice in quel momento, a quanto non gli importasse quello che li circondava, ma solo che erano loro due e basta. Ma soprattutto si chiedeva com'era possibile che lei, che si era sempre sentita imbranata, impacciata, la persona sbagliata al momento sbagliato, anche se mascherava sempre tutto con un forza che non aveva, si sentisse così naturale con lui. Per fortuna, pensò, i suoi occhi non potevano "leggere" più di tanto nella sua testa o di sicuro l'avrebbe sgridata perché si buttava troppo giù di morale. Alla fine decise che forse non era il caso di farsi tutti quei problemi e vivere pienamente quei bei momenti che la vita le offriva; evidentemente, si disse, anche lei valeva, e anche tanto, altrimenti con Yuri non sarebbe successo niente. Sorrise e lo guardò.

- No, sul serio, sto bene! - disse, come se la conversazione di prima non si fosse interrotta. Poi guardò l'orologio - E' ancora presto, perché non ci sediamo un po'? -.

Si sedettero abbracciati sotto un grosso castagno; ogni tanto, quando il vento spostava alcune fronde vedevano il tetto della villa.

- Ora capisco perché l'amore può far fare tante pazzie! - disse Sara interrompendo il silenzio.

- Stai pensando ad Adelaide ed Ernesto? - chiese Yuri spostandole una ciocca di capelli per baciarle la fronte.

- Già... è un sentimento tanto forte... e stupendo...come si fa ad impedire a due persone di viverlo? E poi per una sciocchezza come la differenza sociale! -.

- Purtroppo allora era così e la storia è piena di vicende tragiche come questa. Ancora oggi in alcuni paesi è così... pensa a "Romeo e

Giulietta" di Shakespeare... sembra proprio la storia di Adelaide ed Ernesto. Salvo che noi non sappiamo che fine ha fatto Ernesto! -.
Sara sospirò e stette qualche minuto in silenzio.
- Sai - fece dopo un po' - quando sono partita per venire qui pensavo che mi sarei annoiata. Non volevo venire... ora non posso credere che in così poco tempo siano successe così tante cose belle: la villa, la gita in bici... - si interruppe e lo guardò negli occhi - ...stanotte! -.
Yuri sorrise e la strinse forte.
- Grazie - riprese la ragazza.
- Di cosa? - chiese Yuri stupito.
- Grazie perché stanotte mi hai fatto sentire me stessa! -.
Si baciarono a lungo mentre il vento tra gli alberi disperdeva i mugolii della villa a pochi passi da loro.
- Sono convinta - riprese dopo poco osservando il cielo tra le foglie- che in questo diario ci sia qualcosa sulla morte di Adelaide -.
Lo prese e lo aprì all'ultima pagina - Qualcosa che lei vuole farci trovare!-.
- Lei? Ma non eri tu quella che non credeva a fantasmi e cose simili? - rise Yuri.
- È vero, ma quando siamo entrati nella villa, non hai avuto l'impressione che ci fosse un'altra presenza oltre a noi? Come qualcuno che ci stesse dicendo "Andate avanti, ragazzi!" - disse fissando il diario.
- In effetti sì, ma pensavo fosse la suggestione della villa. E poi... -.
- ...e poi? - lo incalzò.
- E poi in quel momento mi interessava di più il fatto che tu stessi ricambiando la mia stretta di mano - continuò lui.
Sara gli schioccò un enorme bacio sulla guancia, anche lei aveva provato la stessa cosa.
- Comunque non mi sembra che questo diario ci sia molto utile! - riprese Yuri, guardando con una punta di scetticismo il quaderno ingiallito tra le mani di Sara.
- Secondo me sì, ma più lo leggo e meno capisco in che modo! -.

- Non mi dirai che il nostro Sherlock Holmes è a corto di idee?! -.
- Molto spiritoso, mio caro Watson. Non sono a corto di idee, è solo che... -.
- Che...? -.
- È solo che devo riordinarle e collegarle, ecco tutto! - concluse lei, fissando, quasi estraniata da ciò che la circondava, quella famosa ultima pagina che tanto la turbava.
- Tra un collegamento e l'altro, - la prese scherzosamente in giro Yuri - Aiutami a pensare a cosa potrei regalare a mia sorella... Tra una settimana è il suo compleanno -.
- Davvero? Quanti anni compie? -.
- Nove, ed è un piccolo terremoto. Ah... odia i puzzle! -.
- Un peluche? -.
- Abbiamo la camera piena! - disse in tono semitragico Yuri facendo ridere Sara che gli accarezzò con "compassione" la guancia. Lui continuò - Avevo pensato ad una bambola, magari non molto costosa. Potrei chiedere ai nonni di integrare la spesa... -.
- Ma certo! - esclamò allora Sara interrompendo il ragazzo. Si voltò di scatto verso di lui, tutta eccitata e con un sorriso euforico stampato sul volto - La bambola! -.
- E allora? Cos'ha che non va? - chiese lui quasi spaventato. Ma Sara non lo sentì.
- Ecco il collegamento che mi mancava! - esclamò balzando in piedi; poi vedendo la faccia stupita di Yuri aggiunse - Ma è solo un'ipotesi!
- Frena, frena! - la bloccò frastornato, prima che ricominciasse a parlare - Quale sarebbe il collegamento? -.
- Ora è tardi - disse lei mettendo il diario nello zaino - dobbiamo raggiungere gli altri davanti all'edera; ti spiegherò quando saremo tutti insieme... hai con te la chiave della villa? -.
- Sì, mi sono dimenticato di rimetterla a posto, ma perché? -.
- Molto bene - fece lei quasi parlando a se stessa - Potrebbe servirci -.
- Non penserai di entrare di nuovo nella villa? -.

Come unica risposta Yuri ricevette solo un sorrisetto eccitato e misterioso che, secondo lui, non prometteva nulla di buono. Sapeva che in quel momento la mente sempre in movimento di Sara stava ruminando tutte quelle famose idee che le frullavano per la testa. Tuttavia non sapeva se esserne contento o spaventato.

"Va beh..." pensò alla fine "Ormai, arrivati a questo punto, tanto vale assecondarla fino in fondo".

Si riscosse e si voltò verso di lei che lo guardava con aria dolce, ma impaziente. Le sorrise, la prese per mano e i due si incamminarono lungo il muro di cinta.

CAPITOLO XV

- Qualcuno, per favore, può rispiegarmi perché siamo di nuovo qui? - chiese Rachele fissando con inquietudine il grande scalone della villa, che portava ai piani. Erano immersi nella semioscurità dell'ingresso, circondati dal solito odore penetrante di muffa e da un'accozzaglia indistinta di scricchiolii e squittii sinistri... tutto come la prima volta che erano entrati lì. Si erano lasciati convincere da Sara a ritornare dentro la villa, ma nessuno aveva ben capito il motivo.
- Voglio tornare nella stanza di Adelaide e guardare Cecilia - rispose allora la ragazza iniziando a salire le scale, sempre con Yuri che le teneva la mano. Anche se non era più come la volta precedente, visto oramai quello che era successo, quella stretta le dava comunque sicurezza e mitigava la paura che la prima volta non aveva sentito, dato che la sua mente era altrove. E sapeva che per Yuri era la stessa cosa.
- Cosa pensi di trovare di interessante su una vecchia bambola di porcellana? - la distolse dai suoi pensieri Tommy, ma Milena lo zittì
- Secondo me invece l'ipotesi di Sara è giusta - disse guardando il ragazzo con aria quasi offesa.
Ovviamente era stata la prima ad assecondare l'amica nell'idea di rientrare nella villa. Era solo una differenza di timidezza, pensò Tommy, ma per il resto quelle due erano identiche.
- Scusate - fece allora Sara per rispiegare ciò che, ammetteva, aveva detto molto in fretta perché presa dall'euforia del momento - Non vi sembra una strana coincidenza che proprio quando Adelaide era prigioniera in casa, un misterioso "collezionista" si sia interessato alla sua bambola? -.
- Certo che è strano- fece allora Pietro - ma tutta questa storia è strana! -.

- Va beh... - tagliò corto Tommy - Quindi tu pensi che in realtà quel collezionista fosse Ernesto, che in questo modo poteva vedere Adelaide che si affacciava alla finestra... giusto? -.

- Giusto - rispose per lei Milena schioccando a Sara un'occhiata di complicità.

- Ma se anche fosse stato lui— riprese Tommy - la bambola mica ce lo può dire! -.

- In effetti - incalzò Tatiana che, fino ad allora, era rimasta in silenzio assistendo con una punta di soddisfazione ai tentativi di Sara e Milena di non far distruggere la loro ipotesi - In effetti non capisco proprio cosa speri di trovare! -.

- Se devo essere sincera non lo so nemmeno io - ammise Sara col tono di chi, sconfitto, si arrende all'evidenza che ormai il nemico ha vinto, ma di malavoglia. Non voleva mostrarsi indecisa di fronte agli altri, meno che mai a Tatiana. Mostrarsi incerta o debole era la cosa che più la faceva sentire nuda di fronte agli altri, soprattutto agli amici. Nascondeva sempre la sua personalità sotto una patina di forza e forse anche di freddezza che la maggior parte delle volte neppure possedeva; sapeva fingere bene. Solo i due o tre amici che proprio la conoscevano a fondo riuscivano a smascherarla e, ogni tanto, pure suo fratello. A volte la facevano quasi sentire in colpa verso se stessa per questo suo comportamento e lei odiava ammettere che avevano ragione. Yuri non la conosceva certo da molto, ma quel poco gli era bastato per capire che dietro a tutto questo Sara nascondeva una profonda fragilità e che bastava poco per far crollare questo muro effimero, dalle fondamenta non certo solide. Ma forse era anche questo che lo incuriosiva e attirava di lei; di certo non lo scoraggiava. Le strinse forte la mano perché capisse che era vicino a lei, che credeva in lei e in tutto ciò che stavano vivendo. Mai stretta fu più azzeccata di quella.

- E se la bambola fosse stata un modo per comunicare? - riprese infatti.

- In che modo scusa? - chiese Marco.

- Pensateci bene - rispose guardando gli altri con l'aria di chi ha di nuovo preso in mano le redini dopo che gli erano sfuggite - La nonna di Yuri ha detto che Adelaide cambiava personalmente il vestito a Cecilia ogni giorno... -.

- ...e non la faceva avvicinare alla bambola finché non era sistemata! - continuò Yuri che cominciava a capire l'ipotesi di Sara.

- Esatto! - esclamò lei - Evidentemente ogni vestito aveva un significato particolare, magari a seconda del colore, o del cappellino, oppure... -.

- ...oppure scriveva qualcosa sul vestito, da far leggere poi ad Ernesto - concluse Tommy - Hai ragione, può essere un'idea -.

- Visto?! - lo apostrofò scherzosamente Milena con un sorrisetto compiaciuto.

- E va bene - disse Tommy - Mi avete convinto -.

- E poi ormai siamo entrati - continuò Pietro - Tanto vale andare a vedere -.

Ripresero a salire le scale bisbigliando tra loro, per non violare ulteriormente la quiete surreale della villa, e anche per tentare di non badare ai rumori sinistri che venivano da ogni dove.

Entrarono nella stanza di Adelaide senza aprire bocca e si diressero subito nel salottino attiguo. Nulla era cambiato dalla volta precedente; questo significava che il misterioso visitatore della tomba o non aveva accesso all'interno della villa, cosa che speravano ardentemente, o, se vi entrava, non lasciava il minimo segno del suo passaggio. L'aria nella stanza era soffocante e impregnata di polvere, la luce del sole entrava fioca dai vetri sporchi e macchiati della metà finestra priva di persiana, lasciando buona parte dei mobili in penombra. Sara si avvicinò alla finestra e cercò di aprirla, ma il legno, ingrossato dall'umidità, non la faceva scorrere. Alla fine, aiutata da Yuri e Marco, riuscì a spostarla quel tanto che le bastava per far passare un braccio e spingere l'imposta superstite. Questa si aprì lentamente con un malinconico e arrugginito cigolio che fece loro accapponare la pelle. Ora entrava pi luce, oltre ad un po' d'arietta fresca, che sembrò loro come una boccata d'ossigeno dopo un'immersione in apnea.

Si guardarono intorno. Cecilia era sempre al suo posto, troneggiava come una regina in miniatura su una delle due poltroncine, col suo vestitino azzurro, il grembiulino blu di pizzo e il sorrisetto dispettoso di un bimbo che ha appena combinato qualche marachella. Si avvicinarono e Sara la prese tra le mani con infinita delicatezza; una nuvoletta di polvere si alzò dal vestitino. Lei lo scosse un po' per togliere quel che restava, poi passò una mano sul visetto di porcellana e tra i boccoli neri. Il tutto in un silenzio quasi assordante.

- E così - esclamò allora Milena che non sopportava più quel silenzio - questa è Cecilia. È stupenda! -.

- Già... - fece Sara che ancora fissava la bambola e non riusciva a toglierle gli occhi di dosso.

- Quindi questo è il vestitino che aveva il giorno in cui è morta Adelaide? - chiese Tommy.

- Suppongo di sì - fece Yuri - mia nonna ha detto che glielo cambiava una volta al giorno, di solito poco prima che lei scendesse in giardino, e non penso che con tutto quello che successe poi qualcun altro glielo abbia cambiato -.

- Beh... ora ce l'abbiamo tra le mani - continuò Tommy con una strana aria impaziente - che ne vogliamo fare? -.

Si guardarono tutti con aria interrogativa e poi fissarono Sara, che sembrava non averli neppure sentiti. Continuava a girarsi e rigirarsi la bambola tra le mani, osservando ogni centimetro di vestito nella speranza di trovare qualcosa. Finché gli altri videro un sorriso dipingersi sul suo volto e capirono che se non avesse avuto paura con le sue urla di gioia di far crollare la casa, avrebbe gridato a squarcia gola.

- Amici miei - disse con tono enfatico e misterioso - ci siamo! Qui c'è qualcosa! -.

Gli altri le si fecero intorno, non stando più nella pelle. Perfino Tatiana aveva l'aria incuriosita, osservò Sara, soddisfatta di non essersi fatta scoraggiare dalla sua gelosia. La ragazza sollevò il vestitino e tirò giù le mutandine di lino che in origine dovevano essere bianche che coprivano le gambe e la pancia di Cecilia. Nel farlo fece cadere un pezzo di carta ingiallita ripiegato più volte. Lo guardarono senza osare toccarlo finché Milena si piegò e lo raccolse dal pavimento. Sara rivestì Cecilia e la posò sulla poltrona poi si sedettero in cerchio intorno ad essa e lessero il contenuto del foglietto. Fecero molta attenzione ad aprirlo per paura che si polverizzasse tra le loro mani. Sorpresa!

- Ecco dove sono finiti i fogli strappati dal diario! - esclamò Milena. Il pezzo di carta che teneva in mano, infatti, altro non era che una delle pagine del diario di Adelaide; in alto a destra c'erano le sue iniziali, come su tutte le altre pagine ancora attaccate, e la scrittura, che ormai conoscevano bene, era quella della ragazza.

- Ma questa non è la calligrafia di Adelaide - esclamò però Rachele indicando alcune righe a fondo pagina.

- Hai ragione - confermò Sara - Dai Milena, leggi cos c'è scritto -.
Milena non se lo fece ripetere due volte e iniziò dalle parole scritte da Adelaide.

"Amore mio, sto contando con impazienza le ore che mi separano da te. Il biglietto di ieri mi ha ridato la speranza di poter finalmente vivere con te e fuggire da questa prigione. Mi farò trovare pronta per l'ora stabilita alla porta della cucina, hai ragione è più sicura e sono certa che se i genitori di Emma mi scoprissero non lo direbbero a nessuno, anzi mi aiuterebbero. Sarà una liberazione fuggire da qui, ormai i miei fratelli mi odiano e provano gusto nel punirmi per ciò che ho fatto, per ora si sono limitati ad ingiurie, ma ho paura che se restassi ancora qui mi farebbero qualcosa di terribile. Oggi Gregorio e Alberto sono entrati nella mia stanza, mi hanno strappato alcuni libri e vestiti e quando ho cercato di fermarli mi hanno gettato a terra dicendo che alla fine me l'avrebbero fatta definitivamente pagare, come merito! Ho paura. Ma l'idea che stasera potrò riabbracciarti e fuggire con te per sempre mi dà coraggio e speranza. Adelaide."

Si guardarono stupiti, senza osare dire una parola. Poi Milena continuò a leggere la parte scritta con una diversa calligrafia. Già prima di leggerla tutti sapevano che si trattava della calligrafia di Ernesto.

"Amore mio, anche per me queste ore sono lunghe e penose, ma dobbiamo pazientare ed essere prudenti per evitare che vada come la volta scorsa, anche se vorrei sfondare il portone e venire a prenderti subito, pur di non farti passare altre ore in quella casa, soprattutto dopo ciò che mi hai raccontato. Ma se vogliamo fuggire da tutto questo, dobbiamo aspettare. Stasera verrò all'ora stabilita alla porta della cucina. Dobbiamo muoverci in assoluto silenzio. Non portare niente con te. Coi soldi che ho messo da parte potrai comprarti tutto quello che ti servirà. A più tardi mio dolce amore. Ernesto"

CAPITOLO XVI

- Scusate, ma io non ci capisco niente! - disse Pietro dopo qualche minuto in cui nessuno aveva aperto bocca.
- Perché Adelaide avrebbe scritto queste cose se, comunque, aveva deciso di suicidarsi? - chiese Rachele. - E se fosse... - iniziò Sara - no, no... sarebbe pazzesco!
- Che cosa? - disse Yuri - Potresti illuminare anche noi sulla tua idea? Tanto sappiamo che hai già trovato una spiegazione!
Sara sorrise. Era vero, lei aveva già un'idea in testa, ma era incerta se esporla; aveva paura che potessero prenderla in giro. Guardò Milena, e le sembrò che l'amica avesse letto i suoi pensieri, quasi telepaticamente. Anche lei la guardò e poi disse
- Beh... penso di sapere a cosa stai pensando... lo dico io o lo dici tu? -.
- Insomma - esclamò allora Tommy spazientito da tutti questi messaggi misteriosi - una delle due si decide a parlare? Anche se non abbiamo il vostro "intuito"... siamo curiosi di capirci qualcosa! -.
- E va bene - fece allora Sara. In fondo non le costava niente parlare, era tra amici e poi avevano già seguito tutte le sue idee, perché non avrebbero dovuto accettare anche quella?- Come giustamente ha detto Rachele, perché Adelaide avrebbe dovuto suicidarsi se entro poche ore avrebbe finalmente coronato il suo sogno d'amore? L'unica spiegazione possibile è che qualcosa glielo abbia impedito!
- Direi che un volo dal terzo piano sia un impedimento sufficiente! - disse con sarcasmo Marco.
- Lo so, ma secondo me più che di qualcosa si è trattato di qualcuno... - continuò con un alone di mistero.
- Vuoi dire che... - chiese Yuri che iniziava mettere insieme tutti i pezzi di quella storia assurda.

- Voglio dire che secondo me quella sera Adelaide, dopo cena, è salita nelle sue stanze. Poi è uscita sulla terrazza, come faceva spesso, almeno stando a quanto scritto sul diario. Voleva guardare per un'ultima volta quel panorama, che le era tanto caro e che aveva accompagnato tutta la sua vita fino a quel momento. Ma non perché avesse intenzione di uccidersi, voleva, diciamo, salutarlo, prima di allontanarsene per sempre. Ma mentre si trovava lì, è stata raggiunta da qualcuno...qualcuno che voleva fargliela pagare per tutto il disonore che aveva provocato alla famiglia...

- Cioè secondo te Eugenio l'ha spinta di sotto per punirla? Ma è...abominevole! - disse Pietro.

- Ma come parli?! - gli chiese, meravigliata, la sorella.

- Sarà anche così... - riprese allora Milena - Ma non c'è altra spiegazione, Pietro! Pensaci bene, lei non aveva nessun motivo per togliersi la vita, Eugenio e i suoi fratelli un motivo ce l'avevano, per quanto orribile! -.

- Milena e Sara hanno ragione - si intromise Yuri - non è un'idea poi tanto assurda. In fondo Eugenio non ha fatto altro che parlarci dell'importanza dell'onore per la sua famiglia, e la stessa cosa ci ha detto mia nonna... e poi pensate al biglietto che era nel vestito della bambola. L'avevano chiaramente minacciata. Perfino Ernesto era preoccupato -.

- E allora l'ultima pagina del diario? - chiese Rachele, ancora un po' scettica riguardo a questa spiegazione.

- Possono averla scritta loro dopo il fatto perché nessuno sospettasse niente, anzi perché tutti pensassero che si trattasse proprio di un suicidio - continuò Sara.

- E questo spiegherebbe perché la scrittura dell'ultima pagina è diversa! - Concluse Milena.

- Già... - riprese Sara - probabilmente mentre uno dei tre andava sulla terrazza gli altri hanno cercato il diario, perché solo Adelaide e la nonna di Yuri sapevano dove si trovava.

- E non era neppure difficile trovarlo - confermò il ragazzo - dato che i cassetti della scrivania non erano chiusi a chiave...altrimenti nemmeno mia nonna avrebbe potuto leggerlo -.

- Che storia assurda! - disse pensieroso Tommy esprimendo così a voce quelli che erano i pensieri di tutti - E pensare che le sarebbero bastate poche ore... -.

Calò il silenzio. Per alcuni minuti nessuno osò più aprire bocca. Si guardavano intorno, pensavano agli ultimi momenti trascorsi lì da Adelaide, momenti pieni di speranza per il futuro stroncati da una cieca vendetta. Sara si strinse forte a Yuri che la abbracciò altrettanto energicamente; due lacrime le rigarono le guance. Guardò Milena, anche lei accoccolata tra le braccia di Tommy, poi volse lo sguardo sugli altri. Tutti avevano le lacrime agli occhi. Intorno a loro sembrava che il tempo si fosse fermato, che la casa galleggiasse in un'altra atmosfera, priva di rumore; erano cessati perfino gli scricchiolii e squittii sinistri. Tutta la villa era avvolta nel silenzio più assoluto, come se volesse ricordare anche lei, insieme ai ragazzi, quelle tragiche vicende che lei conosceva fin dall'inizio, perché proprio lì si erano consumate, ma che non poteva raccontare a nessuno.

Il primo che ruppe il silenzio dopo parecchi minuti fu Tommy.

- Bene... ora che sappiamo la verità... che cosa facciamo? -.

- Beh... - ribatté Milena osservando il diario ancora posato sulle sue gambe - Non sappiamo se sia andata realmente così, la nostra è solo un'ipotesi -.

- Che non verrà mai confermata purtroppo... - sbuffò Marco - che peccato...dopo tanta fatica! -.

- Non è detto - esclamò Sara.

- Che vuoi dire? - chiese, come sempre preoccupato, il fratello.

- Che qualcuno c'è, che può dirci cosa è successo... qualcuno che, se è giusta la nostra ipotesi, non ha mai pagato per quello che ha commesso -.

- Non starai pensando ad Eugenio, vero?-la guardò stralunato Pietro - quello ci odia e ci ha visto solo per dieci minuti, pensa se

andassimo a chiedergli come ha ucciso la sorella... come minimo ci
fa arrestare... o butta di sotto anche noi... -.

- Non fare il melodrammatico - lo rimproverò Milena.

- Proprio lui! - continuò Sara - Non ci sono alternative! È l'unico
che sa la verità -.

CAPITOLO XVII

Il palazzo dove abitava Eugenio incombeva nuovamente su di loro, come la prima volta che erano stati lì, ma ora sembrava ancora più gigantesco, come se volesse spaventarli, cacciarli via per impedire loro di scoprire la verità. La via era quasi deserta e non particolarmente illuminata. Davanti al portone si fermarono. Che scusa avrebbero inventato questa volta? Ormai li conoscevano, non li avrebbero di certo fatti entrare. Avevano fatto un viaggio a vuoto e non avrebbero mai scoperto la verità. Non uno di loro in quel momento pensava qualcosa di diverso. I dubbi stavano venendo a galla tutti insieme, tutti nello stesso istante. Tutti uguali. Nessuno parlava, ma tutti sapevano di stare pensando le medesime cose.
- Bene... - disse Yuri - la prima volta ci è andata bene... vediamo se siamo fortunati anche oggi! -.
- Ma sì - fece Pietro, stranamente sicuro - sono troppo curioso di conoscere a fondo questa storia per tornare indietro -.
Avevano con sé il diario ed anche il foglietto trovato sulla bambola. Avevano lasciato Cecilia nella villa, perché sapevano che Adelaide avrebbe voluto così. Tutti si domandavano cosa avrebbero detto una volta di fronte ad Eugenio, sempre ammesso che fossero riusciti ad entrare. E la cosa si presentava piuttosto complicata.
Si avvicinarono al portone, ma stavolta non uscì nessuna signora col cane. Avrebbero dovuto per forza suonare il citofono, ma non quello di Eugenio, la cameriera non avrebbe di sicuro aperto, sapendo che erano loro. Decisero di provare con un altro campanello e di spacciarsi per ragazzi che dovevano mettere della pubblicità nelle buche delle lettere. Stranamente l'esperimento funzionò, anche se solo al terzo tentativo, quando ormai disperavano di riuscire. Il portone si aprì ed entrarono. Ora veniva la parte più difficile: farsi aprire la porta di casa De Lais.

Una volta giunti all'ultimo piano, suonarono senza indugiare. Arrivati a quel punto tanto valeva "togliersi il dente". Erano decisi anche ad implorare la cameriera, purché li facesse entrare, ma non ce ne fu bisogno.

Quando la porta si aprì, infatti, davanti a loro non c'era Damiana, ma Eugenio in persona, che si reggeva a stento, ma come sempre distinto e altero, sul suo bastone. Li penetrò con uno sguardo gelido e carico di odio, mentre la fronte si corrugava piena di tensione. I ragazzi furono intimoriti e non sapevano cosa dire; improvvisamente la loro curiosità vacillava di fronte a quell'ometto anziano, piccolo, eppure così imponente nella sua fierezza. Erano già pronti a fuggire ricoperti da insulti o minacce se si fossero ripresentati. Aspettavano solo che la bomba esplodesse. Ma quel giorno la fortuna, o forse lo spirito di Adelaide, che finalmente voleva pace, era dalla loro parte.

- Entrate! - disse soltanto. La voce era stranamente inespressiva.

Mentre oltrepassavano la porta lo osservarono ammutoliti. L'espressione tesa e fredda di prima era scomparsa, per lasciare posto ad un atteggiamento quasi rassegnato. Sembrò loro che, non appena li aveva visti, Eugenio avesse capito il motivo della loro visita. Non aggiunse una parola. In silenzio chiuse la porta. In silenzio li precedette nel suo studio. In silenzio giaceva la casa.

CAPITOLO XVIII

Il caminetto era acceso e la finestra spalancata, tutto come la volta precedente. Un leggero venticello faceva muovere impercettibilmente le pesanti tende e qualche foglio sulla grossa scrivania scura. L'aria era comunque soffocante, tanto che, ad un certo punto, Sara si dovette appoggiare a Yuri per non svenire. Lui le circondò la vita con il braccio e la sostenne; questo la tirò un po' su. Stavano così da parecchi minuti, nel silenzio più assoluto. Eugenio, sprofondato in poltrona, fissava, senza muovere un muscolo né del volto, né del corpo, il foglietto giallognolo appoggiato di fronte a lui sulla scrivania. Milena aveva in mano il diario.

Quando erano entrati nella stanza, Eugenio non aveva aperto bocca, aveva aspettato che fossero loro a parlare. Si era seduto in poltrona e aveva iniziato a guardarli con occhi interrogativi. Alla fine Milena, vedendo che gli altri non avrebbero parlato, eccetto Sara, che però in quel momento le sembrava piuttosto pallida e strana, aveva preso coraggio e aveva incominciato.

Aveva raccontato tutto per filo e per segno, senza che nessuno la interrompesse. Aveva spiegato come fossero entrati nel giardino, nella villa e come fossero venuti in possesso del diario. Poi, anche se con un po' di esitazione e la voce tremante, aveva chiesto se realmente i fatti si erano svolti come avevano pensato e aveva mostrato ad Eugenio il pezzo di foglio trovato su Cecilia. L'aveva appoggiato sulla scrivania, ma lui l'aveva appena degnato di uno sguardo.

Adesso aspettavano da almeno dieci minuti una risposta, una conferma o un qualsiasi segno di vita da parte di Eugenio. Non si aspettavano certo che li ringraziasse, ma che almeno dicesse qualcosa, che li cacciasse urlando, piuttosto. Non ce la facevano più a stare ancora lì, in quell'atmosfera quasi pestilenziale e con una tensione che si poteva tagliare a fette. Ora Eugenio fissava inespressivo il foglietto, le mani appoggiate sul bastone e qualche goccia di sudore sulla fronte.

A Sara mancava il respiro e girava la testa, si strinse ancora più forte a Yuri, preoccupato perché la vide pallidissima, ma ad un certo punto accadde una cosa che li fece restare allibita: Tatiana le circondò la vita col braccio, le sorrise e la accompagnò vicino alla finestra, dove l'aria che entrava la fece subito stare meglio. In tutto questo niente era cambiato, niente si era mosso, nessuno aveva parlato. Eugenio spostò lo sguardo sulle due ragazze vicino alla finestra, sempre senza fiatare. Milena stava per perdere la pazienza, era chiaro che quel silenzio equivaleva ad un'ammissione, ma voleva una conferma... tanto ormai, anche conosciuta la verità cosa avrebbero potuto fare? Niente. Quindi non doveva avere nessuno timore a parlare. Ma proprio prima che la ragazza aprisse bocca Eugenio sospirò, si afflosciò sullo schienale della poltrona facendo cadere il bastone, che però non fece il minimo rumore per via della moquette che ricopriva il pavimento, e iniziò a parlare.

- Così piccoli ficcanaso siete riusciti a riportare a galla tutta questa storia. E pensare che io non l'ho mai dimenticata; il rimorso mi ha accompagnato per tutta la vita e ora mi accompagnerà anche nella morte. Quante notti ho sognato mia sorella che mi veniva incontro sulla terrazza della villa chiedendomi con odio: *"Perché l'hai fatto Eugenio, perché?"*. Eppure non ce l'ho fatta ad allontanarmi da questo lago, da questi posti, anche se, con gli anni, più li guardavo più vi vedevo riflessi gli occhi puri e innocenti di Adelaide. I miei fratelli no, loro non le hanno mai voluto veramente bene, penso che non abbiano avuto neppure il più piccolo rimorso. L'hanno fatto per il loro egoismo, la paura di perdere prestigio; io l'ho fatto per lei, perché non fosse derisa da tutti, perché fosse libera da questo mondo così schifoso in cui era vissuta e in cui aveva sofferto. Per questo non ho voluto che lo facessero loro, perché non la toccassero con le loro mani; li odiavo, eppure quella sera decisi di seguirli in questa pazzia e, anzi, di farmene carnefice.

Volevo essere io a vederla per l'ultima volta, solo io avevo il diritto di liberarla da tutto questo, anche se adesso ho scoperto che pure lei stava per liberarsene e in un modo certo più felice...così mandai Gregorio e Alberto a cercare il diario e io la raggiunsi sulla terrazza; stava appoggiata alla balaustra e fissava il lago. Era così bella, innocente, felice... ed ora capisco perché - si interruppe guardando il foglietto, poi riprese - Si girò verso di me e mi sorrise, mi voleva bene, nonostante tutto quello che le avevo fatto passare in quel periodo con il resto della famiglia. Aveva i capelli sciolti e il vento glieli faceva ondeggiare sulle spalle, la luce del sole che stava tramontando si rifletteva nei suoi occhi di nocciola, c'era il lago nei suoi occhi. Me lo ricordo come se ce l'avessi davanti, qui, ora... non c'è giorno che non pensi a lei che mi fissava con quel suo viso pulito... -.

Qui si interruppe un attimo, prese un fazzoletto nella tasca della giacca e si asciugò il viso, ma non seppero dire se fossero sudore o lacrime. Continuò distaccato, senza guardare negli occhi nessuno di loro, come se parlasse a se stesso, ma allo stesso tempo sembrava quasi contento di poter finalmente raccontare quella storia a qualcuno. Una storia che aveva sempre tenuto nascosta e rimuginata nel suo cuore; una storia che gli aveva roso l'anima, insinuandosi nella sua vita come un viscido topo.
-Successe tutto in poco tempo, quasi non me ne accorsi, sembrava che il tempo si fosse fermato. Mi avvicinai a lei. In un secondo la afferrai per le braccia... non ebbe neppure il tempo di urlare... ma capiva cosa stava per succedere, perché fissò i suoi occhi nei miei, erano pieni di paura, ma non di odio... sapeva di morire. Pochi istanti dopo il suo corpo giaceva sul prato del giardino, immobile, sembrava che dormisse... e invece era morta! -.
Un brivido percorse i ragazzi. Sapevano perfettamente come era andata, ma sentirlo raccontare con quelle parole aumentò in loro il raccapriccio. Non sapevano se provare odio o pena per Eugenio,

ma di sicuro non giustificazione. Si guardarono. Ora avevano soddisfatto il loro desiderio e sentivano che, in qualche modo, Adelaide era stata vendicata: ora qualcun altro conosceva la verità! Volevano andarsene, uscire da quella casa, pensavano di avere sentito abbastanza. Ma Eugenio riprese, questa volta guardandoli dritti negli occhi.

- Ora sapete tutto; sarete contenti, immagino?! Per voi è stato un bel gioco, no?! Avete giocato ai piccoli investigatori e siete arrivati alla giusta soluzione, proprio come in quei telefilm che vanno di moda adesso. Lì i buoni vincono sempre e i cattivi perdono, non è così? Avete scoperto il cattivo! Avete vinto! Non riceverete nessun premio, ma sarete orgogliosi di voi stessi. Cosa vi importa di capire perché l'ho fatto? Non interessa voi, né interessa a me che lo capiate, tanto non potreste... nessuno può... e comunque, non cambierebbe nulla - si alzò a fatica appoggiandosi alla scrivania - Ora non so che intenzioni abbiate. Volete denunciarmi? Fate pure, sono vecchio e ho vissuto una vita piena di rimorso per Adelaide e odio per i miei fratelli. Che vita è? Cosa mi importa di finirla qui, abbandonato da tutti, eccetto che da una cameriera che a stento si regge in piedi, o in prigione? E comunque non penso che vi crederanno, è una storia dimenticata da tutti! - si accasciò di nuovo sulla poltrona, come se d'improvviso tutte le forze che aveva usate per quell'arringa finale lo avessero totalmente privato di ogni energia. Adesso non sembrava più il vecchio austero e fiero di prima. Sembrava improvvisamente rimpicciolito, come se il peso di tutta questa storia gli stesse piombando addosso, tutto d'un colpo - Ora andatevene e fatemi il favore di non presentarvi mai più a casa mia...non ci sono altri misteri nascosti nella mia famiglia, quindi ora potete lasciarla in pace -.

Si girò verso la finestra e non li guardò più.

Silenziosamente, per non interrompere i mille pensieri che di sicuro stavano affollando la mente di Eugenio, uscirono dalla stanza. Percorsero il corridoio buio e lasciarono per sempre quella triste casa.

****

Una volta in strada tirarono tutti un sospiro, sia perché finalmente respiravano aria fresca, sia perché non riuscivano ancora a credere a quello che avevano sentito. Era tutto finito, eppure ora sentivano qualcosa di strano. Non avrebbero saputo se dire se fosse un senso di liberazione perché ora conoscevano la verità e Adelaide era, per così dire, vendicata, o se fosse rimorso, per aver fatto soffrire Eugenio inutilmente, tanto nessuno, a parte loro, avrebbe saputo niente. Ma si rendevano anche conto che Eugenio aveva ragione: ora loro si sentivano soddisfatti della loro bravura, e forse era proprio questo che li lasciava più incerti e tristi. Tutto sommato si erano divertiti, avevano "giocato ai piccoli investigatori", come aveva detto lui, ma lo avevano fatto sulla sua pelle e i suoi rimpianti. Mentre tornavano verso la piazza principale per riprendere le biciclette, non poterono non parlare di questo e alla fine Sara, che si era ripresa, ma doveva ancora appoggiarsi a Yuri, disse
- E va bene, ci saremo anche "divertiti", come ha detto Eugenio, sui suoi rimpianti, ma in fondo lui ha pur sempre ucciso sua sorella... -.
- Hai ragione - ammise Tatiana - ma ammetterai che faceva un po' pena mentre ricordava quei momenti atroci, ma pur sempre tristi...
- tacque un attimo, poi riprese - secondo me, a modo suo, amava sua sorella più di quanto non l'amasse il resto della famiglia -.
- In effetti, non l'ha mai condannata, anzi ha cercato di salvarla proprio dalla condanna cui sarebbe andata incontro... - ammise Sara.
- Ti dirò di più- continuò Milena - io penso che in qualche modo l'ammirasse e la invidiasse perché aveva trovato il coraggio di lottare per i suoi sentimenti e soprattutto per la sua libertà, mentre lui no... la mia impressione è che avessero lo stesso carattere, lo

stesso amore per qualcosa che andasse al di là delle misere mura della loro casa... -.

- ...Purtroppo, in un modo o nell'altro, nessuno dei due è riuscito ad uscirne in tempo! - concluse amaramente Yuri, mentre salivano sulle biciclette per tornare a casa.

****

Mentre pedalavano lungo la pista ciclabile, Tatiana ad un certo punto si fermò per aspettare Sara e Yuri che, come sempre chiudevano, la fila, più distanti dagli altri.

- Sara posso parlarti un attimo? - disse quando l'ebbero raggiunta.

Sara, meravigliata, ma contenta, guardò Yuri, che capì all'istante e continuò a pedalare finché fu vicino agli altri. Sara e Tatiana ripresero a pedalare, ma più lentamente, in modo da potersi sentire a vicenda.

- Scusa - iniziò Tatiana - ammetto che non ti ho trattato bene ultimamente... -.

- Non preoccuparti... Ho capito che sono venuta qui è ti "rotto le uova nel paniere" per così dire... al tuo posto forse avrei reagito anche io così -.

- Devo dire che ci sono stati dei momenti in cui proprio ti ho odiato... ora però, ho capito che non è giusto... chi sono io per decidere con chi deve stare o non stare Yuri? Anche perché tanto, se non gli interesso, non ci posso fare niente, rischierei solo di farmi odiare e non lo voglio. La sua amicizia è molto importante per me. Facciamo che non è successo niente e ricominciamo da capo? In fondo tu mi piaci e sono contenta che tu ci abbia trascinato in questa storia... anche se a volte mi chiedo dove trovi tutta questa energia per le tue idee strampalate, anzi, ammetto che a volte ti invidio proprio, perché io non ce l'ho! - disse scoppiando a ridere.

- Non lo so - ammise Sara, ridendo anche lei - comunque ok, acqua passata... sono sicura che diventeremo grandi amiche. Anzi... grazie per prima a casa di Eugenio! Non ce la facevo proprio più -.
- Figurati! Tra amiche... -.
E scoppiarono a ridere. Ora si sentivano tutte e due più leggere.

CAPITOLO XIX

Il giorno successivo erano di nuovo davanti all'ingresso del giardino. Avevano comprato un bel mazzo di fiori; volevano salutare per un'ultima volta Adelaide, poi avevano deciso di non mettervi più piede e lasciare che tutto, il giardino, la villa, la tomba, riposassero in pace. C'erano andati di mattina perché era il momento migliore per godere della tranquillità di quel luogo; perché volevano provare per un'ultima volta i brividi e le emozioni che quella villa riusciva a trasmettere... dovevano essere le stesse sensazioni che aveva provato Adelaide quando era salita sulla terrazza per un ultimo addio a quei luoghi... si sentivano un po' come lei!
Stavano aspettando Pietro e Tatiana che erano stranamente in ritardo.
- Siete sicuri che se lo siano ricordato? - chiese Sara, come sempre impaziente.
- Ma sì - disse Yuri, stringendole e accarezzandole la mano - Non preoccuparti, arriveranno! -.
- Quando sono passata sotto casa loro per venire qui - disse allora Rachele - Tatiana si è affacciata alla finestra e mi ha detto che stavano per scendere; dovevano andare a comprare il giornale per la madre e poi sarebbero arrivati, quindi tra un po' dovrebbero essere qui.
- Eccoli! - esclamò infatti Marco, indicando i due ragazzi che avevano appena svoltato l'angolo.
- Ma cos'hanno? - chiese Tommy, vedendo la loro andatura lenta e l'aria da funerale.
Andarono incontro ai due fratelli. Tatiana aveva la faccia sconvolta e quasi le lacrime agli occhi. Pietro, che di solito era il primo a salutare e faceva un gran baccano, era stranamente taciturno.
- Ragazzi - chiese allora Milena - ma cosa è successo? -.

- Eugenio...! - rispose Tatiana porgendole il quotidiano locale che teneva in mano - vai alla terza pagina. Milena lo prese e aprì la pagina che le aveva detto l'amica. Lesse, poi alzò incredula gli occhi verso gli altri.
- Santo cielo! Ma è terribile! -.
- Vorreste spiegare anche a noi? - chiese Sara.
- Eugenio si è suicidato! - disse allora Tatiana.
- Cosa?! - esclamarono gli altri in coro accalcandosi intorno a Milena che aveva ancora il giornale aperto. - Ehi...calma! - disse lei appoggiando il giornale per terra.
Tutti si inginocchiarono e lessero la notizia.

Diceva: "Ieri, 18 agosto, nel tardo pomeriggio (cioè poco dopo che loro se ne erano andati da casa sua, pensarono), Eugenio De Lais, avvocato, ultimo discendente di una nobile famiglia del luogo, ormai anziano, si è tolto la vita gettandosi dalla finestra del suo studio, al terzo piano della palazzina in cui abitava con un'anziana cameriera. Proprio la donna, rincasando dal fare la spesa, si è accorta della tragedia, ma ormai per l'uomo non c'era più niente da fare. Non si conoscono i perché di tale gesto. Sulla scrivania dell'uomo è stato ritrovato solo un foglio con scritte poche parole: Anch'io dal terzo piano, ora ti raggiungerò in cielo. Parole forse dedicate alla moglie, morta pochi mesi fa, la cui perdita, racconta la cameriera, aveva gettato l'avvocato in un profondo stato depressivo."

- No - esclamò Sara quando ebbe finito di leggere - non credo sia questo il motivo -.
- Cosa vuoi dire? - chiese allora Yuri.
- Che la moglie è morta di malattia, non ti ricordi cosa ci ha detto quel barista? Perché, allora, avrebbe dovuto scrivere "*Anch'io*"...? "*Anch'io dal terzo piano*"! -.

- Pensi che si riferisca ad Adelaide, vero?! - disse Milena.

- Penso proprio di sì - sospirò - e l'ha fatto dopo che siamo andati noi, dopo che gli abbiamo fatto ricordare tutto... è colpa nostra! -.

- No... - disse allora Yuri abbracciandola - non dire così, era anziano, stanco della vita, pieno di rimorsi... magari lo avrebbe fatto lo stesso. Ha detto che non gli importava più niente né che lo raccontassimo a qualcuno né di finire in prigione -.

- Già... - disse Milena stringendosi anche lei a Tommy - Forse così ha voluto pagare il suo debito con Adelaide, morendo proprio come è morta lei... eppure ho un peso sullo stomaco... -.

- Mi sa che per un po' ci rimarrà il senso di colpa... è stata fatta giustizia è vero, ma in che modo...! - concluse Tatiana.

Stettero in silenzio qualche minuto.

- Ormai quel che è stato, è stato - disse alla fine Rachele - ora siamo qui per salutare Adelaide, no? - continuò prendendo da terra il mazzo di fiori che aveva posato per leggere la notizia.

- Hai ragione - esclamò Tommy - andiamo!

Spostarono l'edera ed entrarono. Furono subito presi da una strana sensazione. Il vento stranamente non faceva muovere l'erba, sembrava che tutto si fosse fermato. Quasi senza rendersene conto si ritrovarono tutti a guardare verso la terrazza del terzo piano. Videro davanti ai loro occhi la scena di quella tragica sera di cinquant'anni prima. Videro Adelaide appoggiata alla balaustra coi capelli al vento, mentre dava un ultimo sguardo pieno d'amore e nostalgia al suo lago. Videro Eugenio che le si avvicinava, con negli occhi uno sguardo misto di tristezza, senso di colpa, ma, in fondo, anche amore. Videro il volo di un angelo dai capelli castani, spezzare i sogni e la vita di una ragazza di diciotto anni. Ma giunti lì si resero conto che le sorprese non erano finite. Davanti alla lapide c'era, infatti, il solito mazzo di fiori freschi; dovevano essere stati messi da poco, erano ancora bagnati dall'acqua del fioraio. Capirono che per poco non si erano imbattuti nel misterioso visitatore del giardino.

- Ma allora - esclamò Tatiana - Quello che porta i fiori non può di certo essere Eugenio, visto che è morto ieri pomeriggio e i fiori - aggiunse poi toccando alcuni petali - sono freschissimi.

- E posso garantire - continuò allora Yuri - che non è nemmeno mia nonna. Stamattina era a fare la spesa con mio nonno, l'ho incontrata, mentre andavo a prendere Sara... e non è certo una gazzella che può averci preceduto... ha pur sempre una certa età -.

Rachele si chinò sul mazzo.

- Non c'è l'etichetta del fioraio, non possiamo neanche andare a chiedere chi li ha comprati -.

- Però in paese ci sono solo due fiorai e una bancarella al mercato... possiamo sempre indagare! - disse Pietro.

- No - escluse Yuri - daremmo troppo nell'occhio, cosa dovrebbe interessare dei ragazzini come noi, chi ha comprato un mazzo di fiori? I nostri genitori potrebbero vederci o comunque venirlo a sapere e a quel punto dovremmo spiegare tutto! -.

- Ok, va bene, ho capito - lo bloccò Pietro, facendo finta di offendersi - non parlo più -.

- Io un'idea ce l'avrei - disse Sara, sapendo che gli altri, ormai, non si sarebbero di certo meravigliati.

Infatti Tatiana esclamò

- Figuriamoci! Avanti - continuò con un sorriso amichevole e rassegnato – illuminaci! -.

Sara rise.

- Abbiamo appurato che Eugenio non può essere e neppure la signora Emma, giusto? -.

- Direi che su questo non ci piove! - confermò Tommy.

- Adelaide non ha altri parenti - continuò la ragazza - allora l'unico che può portare i fiori è Ernesto! -.

- Chi? - chiese il fratello.

- Ernesto! - ripeté spazientita.

- Ma ne sei sicura? - disse Yuri.

- Sicura no! Come sempre è un'ipotesi... dobbiamo verificarla! - concluse col solito sorrisetto enigmatico.

CAPITOLO XX

Lo videro arrivare con passo lento, appoggiandosi al bastone, curvo sotto il peso degli anni. Aveva un portamento fiero e distinto. Indossava un paio di pantaloni di tela color cachi e una camicia azzurra a maniche corte; sulla testa aveva un grosso cappello di paglia che doveva aver conosciuto tempi migliori, ma che, comunque, lo riparava dal sole e impediva di vedere bene il viso. Nella mano libera dal bastone, portava un bel mazzo di fiori freschi e quello che, a prima vista sembrava uno sgabellino pieghevole da campeggio.

Si accorse di loro ancora prima di arrivare alla lapide. Alzò lo sguardo e osservò incuriosito quel gruppetto di ragazzi seduti in cerchio davanti alla tomba che sembravano aspettare proprio lui. Stettero così alcuni istanti, senza che nessuno osasse muoversi o parlare. Sara e gli altri avevano il fiato sospeso. Poi l'uomo, si avvicinò.

Quando fu davanti a loro si scrutarono a vicenda, sempre senza parlare. Ora poterono vedere il suo viso, leggermente squadrato e pieno di rughe, ma che dava una sensazione di tenerezza. Due grandi occhi azzurri nascondevano uno sguardo intenso e penetrante, per certi versi simile a quello di Eugenio, ma non carico di odio come il suo. Il pensiero di tutti fu che, da giovane, doveva essere stato un bell'uomo.

Fu proprio lui a rompere il silenzio

- E voi chi siete? - esclamò - come siete entrati? -.

- Lei è Ernesto, vero? - chiese allora Sara, come se non si fosse accorta della domanda.

- Si... - rispose lui titubante - ...ma come fate a conoscermi? -.

- Adesso glielo spieghiamo - disse - ma prima vuole sistemare i fiori per Adelaide? - continuò la ragazza indicando la tomba.

Ernesto fissò prima Sara, poi la lapide.

- Allora siete voi a portare i fiori - disse vedendo il mazzo che i ragazzi avevano appoggiato sul prato davanti alla lapide. Poi, senza aggiungere altro, andò a mettere i suoi nel vaso che era lì a fianco, estrasse dalla tasca uno straccio pulito e lo passò con cura sulla scritta; finita questa operazione, appoggiò la punta delle dita sulle labbra e poi posò la mano sul nome di Adelaide chinando il capo sul petto. Stette così qualche secondo, come se stesse recitando una preghiera, infine sollevò lo sguardo e si voltò verso i ragazzi che avevano osservato la scena in assoluto silenzio, per rispettare quel momento. Quasi avesse capito che si trattava di una cosa lunga aprì il suo sgabellino e, barcollando un po', vi si sedette.

- Ora - esclamò, dopo essersi asciugato la fronte con un fazzoletto –potete dirmi chi siete?

Fu Yuri a parlare per primo.

- Lei si ricorda di Emma Fanelli, suppongo? - e si fermò un attimo per vedere la reazione di Ernesto.

- Certo che me la ricordo, la piccola Emma. La conoscete anche voi? -.

- Io sono suo nipote, e questi sono i miei amici - continuò il ragazzo, mentre le folte sopracciglia bianche di Ernesto si incurvavano verso l'alto in segno di sorpresa - Mia nonna ci ha raccontato spesso la storia di Adelaide. Poi un giorno, abbiamo deciso di entrare nel giardino per visitare la tomba e abbiamo scoperto il passaggio attraverso l'edera -.

- Ma guarda... - esclamò sollevando la tesa del cappello che gli era scivolata quasi sopra gli occhi - il nipote di Emma, e pensare che l'ultima volta che l'ho vista aveva dieci anni - appoggiò il le due mani al bastone davanti a sé per tenersi meglio in equilibrio visto che lo sgabellino era piuttosto instabile - Ma come avete fatto a capire che ero io a portare i fiori? -.

A quel punto Milena raccontò tutta la storia. Parlò dei loro sospetti e delle loro ipotesi su Eugenio, della loro prima visita al fratello di Adelaide e di come erano riusciti ad entrare nella villa, cosa che meravigliò molto Ernesto. Gli fecero vedere il diario e gli spiegarono come, tramite il biglietto trovato su Cecilia, avessero avuto conferma che il "collezionista" era lui, e come, sempre da quello, si fossero insinuati in loro i sospetti sull'omicidio. Gli raccontarono della seconda visita ad Eugenio, della confessione e poi della sua morte.

- ...quindi per esclusione, non potendo essere, né la signora Emma, né Eugenio, l'unico a portare i fiori poteva esser solo lei! - concluse Milena.

Ernesto, che non aveva quasi dato segni di vita per tutto il racconto, salvo qualche movimento delle sopracciglia o del bastone a cui si appoggiava, trasse un lungo sospiro, poi disse

- Siete stati bravi... avete confermato quelli che furono i miei sospetti cinquant'anni fa, ma allora non potei fare niente. Dopo la morte di Adelaide, fui costretto a scappare. Ma suppongo che vogliate conoscere la storia dal principio, vista la vostra curiosità! - e li osservò con uno sguardo a metà tra il divertito e il compiaciuto, mentre loro si scambiavano occhiatine imbarazzate.

- Oh... - continuò - ma non dovete vergognarvi. Anzi, penso che la curiosità sia una qualità fondamentale per dei ragazzi, perché smuove la loro voglia di conoscere e di scoprire. Anche io alla vostra età ero curioso e mi cacciavo sempre nei guai! Dio solo sa quanto ho fatto disperare la mia povera mamma, ma ero fatto così... la vita mi esplodeva dentro e io non riuscivo a contenerla. Lei diceva che assomigliavo a mio padre –si fermò un istante per asciugarsi di nuovo la fronte, poi riprese–

Io non sono nato qui, ma a Laveno sul Lago Maggiore dalla parte lombarda. Sono secondo di tre figli e se Adelaide fosse ancora viva, avremmo la stessa età - e qui si interruppe di nuovo e sospirò, come se quel pensiero gli avesse per un attimo offuscato i ricordi. Videro che i suoi occhi si riempivano di lacrime, ma le trattenne e continuò -Mia madre badava alla casa, come quasi tutte le donne di allora, mentre mio padre era il maestro della scuola del paese. I soldi non erano comunque tanti, infatti, a otto anni, io e mio fratello, che ne aveva nove, dovemmo abbandonare la scuola per lavorare come garzoni dal fornaio del paese. Allora al pomeriggio mio padre, che non voleva che non ricevessimo un'istruzione, teneva delle lezioni per noi. Solo mia sorella più piccola andava a scuola: non volevamo che lavorasse, aveva una salute piuttosto fragile. Quando avevo sedici anni mio padre morì per una brutta polmonite e fummo cacciati di casa perché i soldi che guadagnavo non erano sufficienti a pagare l'affitto. Ormai ero l'unico a mantenere la famiglia. Mio fratello era partigiano e quindi lontano da casa, e con la guerra, la situazione non era certo facile per nessuno. Già ringrazio Dio che ce lo ha riportato a casa sano e salvo poco prima della fine del conflitto o mia madre sarebbe morta per il dolore. Appunto quando mio padre morì, decidemmo di venire qui a Mergozzo , dove un nostro lontano cugino faceva il pescatore e guadagnava di che vivere. Viveva solo e ci offrì una camera nella sua casetta. Mia madre ricominciò ad occuparsi delle faccende di casa e a fare qualche lavoretto di cucito, mentre io iniziai a lavorare con lui come pescatore, anche se all'inizio non fu facile, perché anche se avevo sempre vissuto sul lago, non avevo mai pescato, al massimo sapevo fare il pane! Lo stesso fece mio fratello quando tornò. Così riuscimmo a far continuare gli studi a mia sorella, anche se con enormi sacrifici.

Conobbi di persona Adelaide solo un anno dopo il mio arrivo e cioè circa nove mesi prima della tragedia. Certo, la vedevo tutte le domeniche alla messa, dove veniva con tutta la famiglia, ma ovviamente finita la celebrazione se ne andavano subito per non mescolarsi con la "gente comune". In paese non si parlava molto bene della famiglia De Lais... anzi...era considerata bigotta, chiusa... insomma, come dicevamo allora, avevano un tipico comportamento da "ricconi". Lei, però, era diversa, era semplice, allegra, sempre col sorriso sulle labbra... sognava la libertà da quel modo ovattato, da quella "prigione di buone maniere e ipocrisia". Così la definiva lei; eppure voleva un gran bene a tutti, anche a quelli della sua famiglia che non lo avrebbero meritato. Era troppo buona! - qui Ernesto strinse con forza, quasi con violenza l'impugnatura del bastone, come se al suo posto ci fossero stati i parenti di Adelaide - Ci conoscemmo un giorno nei pressi della villa. Eravamo in autunno, ma l'arietta era piacevole e lei usciva sempre dopo pranzo per passeggiare. Anche a me piaceva bighellonare sotto i castagni, c'era sempre grande tranquillità. Quel pomeriggio ero seduto sotto un albero, quando ad un certo punto sentii rumore di foglie secche e poi un gridolino quasi impercettibile. Mi avvicinai al punto da dove era arrivato. Era lei. Era scivolata su un mucchio di foglie secche e, cadendo, le si era conficcata nella mano la spina di un riccio di castagna. Allora mi avvicinai e l'aiutai a toglierla. Ci presentammo, anche se io ero un po' titubante perché pensavo che fosse la classica ragazzina ricca, viziata e ingrata... invece non appena ci mettemmo a parlare conobbi una persona eccezionale... e me ne innamorai all'istante... come dite voi giovani adesso...?! -.

- Un colpo di fulmine?! - disse Sara guardando Yuri negli occhi a stringendogli la mano.

- Ecco, brava - riprese - proprio così! Non potemmo stare a parlare a lungo perché lei aveva degli orari da rispettare, ma da quel giorno ci vedemmo tutti i pomeriggi, anche d'inverno, anche col freddo... eravamo innamorati, ma sapevamo bene che la nostra storia era impossibile per via della sua famiglia. Anche mio fratello mi diceva di lasciar perdere, che sarei finito in qualche pasticcio, ma purtroppo, se c'è una cosa che ho capito dalla vita, è che realmente al cuore non si comanda... che non è solo una frase fatta! Lei voleva scappare da quel mondo, andare via ed essere libera. Mi diceva sempre: "Scappiamo! Andiamocene in un posto dove tutti possano vedere il nostro amore, dove non dobbiamo nasconderlo!". Ma la cosa era alquanto complessa perché non sapevamo dove andare e non avevamo soldi. Però, quando scoprirono i nostri incontri furtivi e la segregarono in casa, decisi che era arrivato il momento di portarla via da lì e mi diedi da fare per organizzare la fuga. Non ce l'avrei mai fatta senza l'aiuto dei genitori di Emma... -.

- Cosa? - lo interruppe Yuri stupito.

- Si - riprese - erano loro che facevano da tramite tra me ed Adelaide, io non potevo certo avvicinarmi alla villa, e furono loro a far uscire Adelaide la sera in cui saremmo dovuti fuggire. Non dissero mai niente alla figlia e riuscirono a non farsi scoprire o li avrebbero licenziati se non addirittura fatti arrestare! -.

- Beh... allora tutta la famiglia di mia nonna era dalla vostra parte, visto che anche lei, pur inconsapevolmente, vi aiutò? - esclamò Yuri con una punta di orgoglio nella voce.

- Oh si... non so come avremmo fatto senza di loro! Volevano bene ad Adelaide come se fosse stata loro figlia e soffrivano nel vederla chiusa tra quelle quattro mura, lei così piena di vita e di voglia di cambiamento. Purtroppo quella sera andò tutto storto, come ben sapete. Gregorio, il fratello maggiore di Adelaide, sarebbe dovuto rientrare il giorno successivo da un viaggio, ma non so per quale motivo aveva anticipato il rientro. Così, mentre con la macchina attraversava il sentiero del bosco che portava alla villa, ci vide che correvamo verso il lago; noi avevamo sentito avvicinarsi la macchina, ma speravamo che non ci avesse visto nessuno, invece corse a casa e diede l'allarme... ci presero subito. Il resto lo sapete... per alcuni giorni non seppi niente di Adelaide, e io non potevo certo avvicinarmi alla villa; poi la madre di Emma mi recapitò un suo messaggio che mi spiegava come potevamo comunicare tramite i biglietti nella bambola. Era molto rischioso per me andare alla villa, ma con la complicità di Emma, che poverina non sospettava niente, e dei suoi genitori, riuscimmo a tenerci in contatto e a organizzare una nuova fuga. Ma la sera in cui dovevamo fuggire successe la tragedia. Fu mio fratello a correre a casa per dirmelo...rimasi di sasso, non volevo crederci... continuavo a pensare che fosse un brutto sogno, che mi sarei svegliato con accanto Adelaide finalmente libera... mi misi a urlare e piangere, volevo correre alla villa e abbracciarla, stringerla forte a me per un'ultima volta, volevo spaccare la faccia ai suoi fratelli... ero accecato dall'odio... era colpa loro, ero sicuro che non si fosse uccisa, non aveva senso... saremmo dovuti fuggire dopo poche ore, avevamo già fatto mille progetti e lei non era certo il tipo da lasciarsi andare, anzi spesso proprio nei momenti in cui la nostra storia si faceva più difficile, era lei ad avere la forza per tutti e due, a incoraggiarmi... non l'avrebbe mai fatto, continuavo a ripetermi... e poi c'era quell'ultimo biglietto, era la prova che a casa sua era in pericolo... e io non ero riuscito a salvarla. Alla fine mio fratello e mia madre riuscirono a trattenermi e forse fu un bene, perché penso che avrebbero trovato il modo di incastrarmi e fare di me il capro espiatorio dell'accaduto. Così quella sera fuggii... ma solo... con tutti i miei sogni infranti e il cuore a pezzi -.

Si fermò e stette qualche attimo in silenzio. Anche i ragazzi non fiatarono; alcuni avevano le lacrime agli occhi, altri fissavano quel maledetto balcone del terzo piano. Poi con la voce incrinata Ernesto riprese a raccontare

- Scappai e mi rifugiai dove sarei dovuto andare con Adelaide... era una vecchia catapecchia in rovina, non molto distante dal paese, ma sicura perché nascosta sul fianco di uno di questi monti, tra le rocce. Era molto difficile da raggiungere, ci volevano parecchie ore di cammino col sole, ancora di più col buio... saremmo dovuti restare lì un paio di giorni, poi un pastore mio amico sarebbe venuto a prenderci e ci avrebbe guidato oltre le montagne evitando tutte le zone scoperte... poi, una volta raggiunta la città avremmo dovuto prendere il treno fino a Napoli, ci sembrava abbastanza lontana e io avevo messo da parte parecchi soldi pensando al fatto che i primi tempi sarebbero stati duri... e lì finalmente avremmo cominciato una nuova vita. E invece... a Napoli ci andai lo stesso, ma solo! Volevo... dovevo dimenticare anche se non fu facile... trovai un lavoro come pescatore... ormai era l'unica cosa che sapevo fare e cercai, lavorando di non pensare troppo ad Adelaide, lavoravo fino allo sfinimento, così non avevo tempo di pensare... mi tenevo in contatto con mio fratello che mi raccontò del

funerale, della partenza della famiglia... Poi a poco a poco mi ripresi, ma ci vollero comunque parecchi mesi; conobbi molta gente, trovai dei nuovi amici... e incontrai anche una ragazza, lavorava con la sua famiglia in una trattoria del porto, quella più frequentata da noi pescatori, sapete, uno di quei posti dove tutti conoscono tutti e dove ci si sente sempre in famiglia...! Iniziammo a frequentarci e ben presto ci fidanzammo... dopo poco più di un anno di fidanzamento ci sposammo; mia madre e mia sorella vennero ad abitare con noi, mentre mio fratello rimase su perché nel frattempo anche lui si era sposato. Pensate che non andai neppure al suo matrimonio, pur di non ritornare in questi luoghi, ma non me ne ha mai voluto per questo! Io e mia moglie ci siamo amati molto; abbiamo avuto tre figli e pensate che ora sono già bisnonno...! Lei è morta cinque anni fa... le ho sempre raccontato di Adelaide e ogni volta che lo facevo piangeva, proprio come voi ora... - disse guardando con un'aria un po' divertita le ragazze che continuavano a strofinarsi gli occhi - ha cercato più volte di convincermi a tornare al paese e visitare la tomba, ma non ho mai voluto... mi piace pensare che ora siano lassù in cielo –e alzò gli occhi verso l'alto, ma dovette riabbassarli per il riflesso del sole - ...insieme, a parlare di me... -.
- E come mai ora è tornato? - chiese Tommy.
- Ormai tutti i miei figli sono più che sistemati e io vivevo solo... uno di loro si è trasferito due anni fa a Milano e mi ha chiesto di andare con lui; ma è una città caotica, non adatta ad un anziano come me... così ho preso la decisione di tornare qui... erano passati tanti anni ormai, per quanto il ricordo fosse ancora vivo ho pensato di essere abbastanza "maturo" per affrontare il mio passato. Ci è voluto parecchio per convincere mio figlio, non voleva che vivessi solo, ma alla fine l'ho convinto di saper badare a me stesso e tre mesi fa, quando è iniziata la bella stagione, mi sono trasferito... non è cambiato niente... solo le facce! -.
- E come è stata la prima visita alla tomba? - chiese Milena.

- Le prime volte mi avvicinavo al cancello e davo occhiate furtive alla villa, mi sentivo strano... tornare dopo tanto tempo... dopo quello che era successo... avevo ancora ben vivo nella mente il ricordo dell'ultima volta che avevo visto quel cancello... lei era ancora viva... Quel pensiero mi straziava. Però mi limitavo ad osservare il giardino in silenzio perché non sapevo come entrare. Poi un giorno scoprii per caso, come penso abbiate fatto voi, il passaggio nel muro ed entrai... la lapide non si vedeva, era sommersa dall'erba. Sapevo dov'era perché me l'aveva scritto mio fratello nella sua prima lettera e ancora me lo ricordavo. Quando arrivai lì mi inginocchiai, anche se molto a fatica e strappai le erbacce più vicine, poi abbracciai la lapide e piansi per tanto tempo... era un pianto trattenuto da quasi cinquant'anni, quel pianto che non avevo potuto fare sul suo corpo quando morì... e da quel momento iniziai a venire un giorno sì e uno no a curare la tomba, a portare i fiori, a parlare con lei... sapete certe volte penso che i rumori della villa siano il suo modo di rispondermi... voi che ne dite, sono pazzo?! - concluse ridendo di gusto.
I ragazzi si guardarono divertiti, poi gli dissero delle sensazioni che anche loro avevano provato nella villa, della presenza che sentivano... alla fine conclusero che nessuno di loro era pazzo e che realmente Adelaide era in mezzo a loro.

CAPITOLO XXI

- Beh... - riprese Ernesto con un volto più disteso, come se raccontare quella storia, proprio nel luogo dove era avvenuta lo avesse alleggerito di qualche anno e soprattutto di qualche brutto ricordo - Eugenio ha pagato per quello che ha fatto, non con la vita, ma con il rimorso che si è portato dietro per tutti questi anni... penso che sia stata la punizione peggiore per lui. Come avete capito anche voi, a modo suo amava Adelaide... anche se gliel'ha dimostrato nel modo sbagliato -.

Ci fu di nuovo un attimo di silenzio. Una nuvola passeggera coprì per qualche istante il sole ed Ernesto sollevò di nuovo lo sguardo al cielo; anche loro fecero lo stesso, quasi si aspettassero di vedere Adelaide che li salutava... una leggera folata di vento attraversò il giardino e accarezzò i loro volti, alcuni ancora rigati da qualche lacrima.

- Ernesto... - esclamò Yuri, con la stessa voce di Sara quando le veniva qualche idea geniale.

- Dimmi! -.

- Le piacerebbe incontrare di nuovo Emma? -.

- Certo che mi piacerebbe... vorrei tanto rivederla e ringraziarla per tutto quello che lei e i genitori hanno fatto per noi! -.

- Allora - continuò Yuri - Perché domani sera non viene a casa di mia nonna? Ha organizzato una grigliata nel suo giardino per i miei amici e i nostri genitori... un piatto in più non è certo un problema, anzi... penso che anche a lei farà molto piacere incontrarla... -.

- Dici sul serio ragazzo? -.

- Sicuro - si intromise Sara - Voi che ne dite? - chiese agli altri, che confermarono.

- Se è così... accetto più che volentieri -.

Non appena fuori dal giardino salutarono Ernesto che a passo lento si avviò nel bosco di castagni. Loro si diressero a casa della signora Emma, non volevano perdere neanche un minuto. La loro intenzione era di farle una sorpresa, quindi non dissero niente a lei, ma chiesero il permesso al nonno di Yuri, che fu d'accordo. Era anche lui convinto che alla moglie avrebbe fatto piacere rivedere Ernesto.

Ovviamente non gli dissero come lo avevano conosciuto, altrimenti avrebbero dovuto raccontare tutta la storia delle loro ricerche... gli dissero che l'avevano visto davanti alla villa, che aveva chiesto loro alcune cose sulla casa e, una parola tira l'altra, avevano scoperto chi era.

Il nonno aveva dato l'impressione di crederci, anche se, Yuri lo sapeva, quasi sicuramente sospettava che sotto ci fosse qualcos'altro. Ma non aveva chiesto di più e loro non avevano certo fornito ulteriori particolari.

Ottenuto il permesso corsero a casa di Ernesto, che aveva dato loro il suo indirizzo, per dargli la notizia. Dopodiché andarono in spiaggia a trascorrere il resto della giornata, felici, ma anche emozionati all'idea dell'incontro della sera successiva tra Ernesto ed Emma.

CAPITOLO XXII

La sera dopo andarono a casa della nonna di Yuri con un buon anticipo, con la scusa di dare una mano a preparare per il barbecue. Solo Tatiana e Pietro arrivarono un po' più tardi, insieme ad Ernesto che erano andati a prendere per accompagnarlo. Quando li videro arrivare erano sotto l'ombrellone del giardino a preparare la tavola, mentre la signora Emma era in cucina col marito. Andarono incontro ad Ernesto e lo guidarono davanti alla porta della cucina.

- Nonna - chiamò Yuri, con la voce che gli tremava un po' per l'emozione - puoi uscire un attimo? -.

La signora Emma uscì, ma quando vide Ernesto si fermò di colpo. Lo scrutò con curiosità senza dire una parola e senza che nessun altro fiatasse. Lo guardava come se lo avesse già visto, continuando a strofinarsi le mani, perfettamente asciutte, nel grembiule, quasi quel gesto le servisse a ripescare i ricordi del suo passato. Lentamente si avvicinò, sempre senza togliergli gli occhi di dosso, inarcando le sopracciglia come per vederlo meglio; stava cercando di rivedere nella sua mente quel volto. Dove lo aveva già visto? Quegli occhi così intensi... le ricordavano qualcuno, ma chi?

Ernesto da parte sua non si muoveva, come se temesse di rovinare qualcosa in quell'incontro, di spezzare qualche strano equilibrio. Certo Emma era cambiata dall'ultima volta che l'aveva vista cinquantadue anni prima, eppure sentiva che quella sua allegria, quella sua voglia di vivere, che tanto rendevano felice Adelaide quando stava con lei, non erano appassite con l'età, anzi... erano ben salde in lei e in suo nipote, al quale le aveva trasmesse; Yuri sembrava proprio la versione maschile della "piccola Emma", pensò ad un certo punto guardando di sfuggita il ragazzo a pochi centimetri da lui.

Alla fine proprio Yuri, che moriva dalla voglia di parlare le disse
- Nonna, ti presento Ernesto! -.
- O Santo cielo...! - fu l'unica cosa che disse, prima di portarsi le mani alla bocca per soffocare un grido di gioia e stupore insieme.
- Ciao Emma... - le disse lui, come se fossero passati appena cinque minuti dall'ultima volta che si erano visti.

Gli occhi della nonna di Yuri si riempirono di lacrime, poi lentamente, come se avesse avuto paura che, avvicinandosi di colpo sarebbe svanito, si avvicinò ad Ernesto e lo abbracciò con calore. Lui ricambiò l'abbraccio e iniziò a piangere; piansero insieme, un pianto che proveniva direttamente dal passato, da cinquant'anni prima. Un pianto che tutti e due aspettavano da tanto tempo, ma nel quale entrambi avevano smesso di sperare. Sembrava che in quei pochi attimi cercassero di rivivere le emozioni forti di quelle tragiche vicende.

Nel frattempo il nonno di Yuri si avvicinò al nipote e gli batté una pacca sulla spalla.
- Ottimo lavoro ragazzo mio, hai fatto felice tua nonna! - gli disse sorridendo.

Ci volle qualche momento perché Ernesto ed Emma si riprendessero dalla sorpresa; poi la signora accompagnò Ernesto a sedersi in giardino e anche lei si sedette vicino a lui, mentre i ragazzi si sistemarono intorno a loro, quasi a formare un piccolo quadretto di cui loro erano la cornice, ma senza che quasi loro due se ne accorgessero. Ben presto Ernesto raccontò ad Emma di come avesse conosciuto Adelaide, dei loro incontri, del prezioso aiuto dei suoi genitori, cosa che stupì non poco la signora, ma che la rese anche orgogliosa, proprio come era successo a Yuri. Infine le raccontò di essere lui il famoso "collezionista".

- Allora - esclamò meravigliata la signora - ecco perché poco fa il tuo viso mi è sembrato tutto sommato familiare; ero sicura di averti già visto, il tuo sguardo non è cambiato... o scusi, le ho dato del "tu" -.

- Non preoccuparti, anche io ti ho chiamato Emma, proprio come cinquant'anni fa... -.

E scoppiarono a ridere di gusto. Poi Emma volle sapere dal nipote come lo avevano conosciuto e Yuri, d'accordo con Ernesto raccontò quello che già aveva detto al nonno. Lei, però non sembrò convincersi; sapeva bene che il nipote aveva una certa predisposizione a cacciarsi nei guai e a ficcare il naso dovunque, soprattutto quando era in compagnia... ma alla fine non approfondì la cosa, era troppo emozionata e voleva godersi quella serata, che era iniziata bene e, sperava, sarebbe continuata altrettanto bene.

Infatti, poco dopo arrivarono anche i genitori dei ragazzi e, dopo le debite presentazioni, si misero tutti a tavola e trascorsero una piacevole serata. Sara e Marco erano contenti che i genitori si trovassero bene con quelli dei loro amici. Magari, pensavano, il prossimo anno li avrebbero convinti a tornare lì. Anche a Marco piaceva quel posto e si trovava bene coi suoi nuovi amici e una sera, mentre tornavano al loro appartamento, aveva confessato alla sorella che neppure lui era particolarmente contento di cambiare meta ogni anno.

Tutti si godettero quell'allegra cenetta, allietata da un'altrettanto lieta compagnia. Anche se i ragazzi erano piuttosto agitati ed emozionati per quello che avrebbero dovuto fare dopo insieme ad Ernesto.

CAPITOLO XXIII

Sapevano che era proibito accendere fuochi sulla spiaggia, ma non c'era nessuno e poi avrebbero fatto un fuocherello molto piccolo.

Si erano offerti di accompagnare Ernesto a casa, ma, d'accordo con lui, si erano invece diretti in riva al lago e lì, dopo aver sistemato dei rami raccolti nel pomeriggio, avevano acceso un piccolo fuoco; poi si erano seduti intorno, ed ora lo osservavano in silenzio, mentre le fiamme si riflettevano, danzando, sui loro volti abbronzati e sul manico del bastone di Ernesto.

Chi guardava la massa scura del lago che si faceva largo tra i monti, chi guardava verso il bosco pensando alla villa immersa nel silenzio, chi fissava il fuoco, che arricciandosi in mille volute creava forme strane e magiche.

Sara, accoccolata tra le braccia di Yuri, che la accarezzava, guardava il cielo stellato e sorrideva, pensando a quei giorni appena trascorsi e a quelli che ancora la aspettavano con i suoi amici, ma soprattutto con Yuri e il suo cuore non poté fare a meno di sobbalzarle nel petto. Fissò il ragazzo, che in quel momento sembrava ipnotizzato dal fuoco, e sorridendo lo baciò sulla guancia. Lui si riscosse e la strinse ancora più forte, ma con estrema dolcezza. Poi le sussurrò nell'orecchio

- Sai che se non fosse stato per te ora non saremmo qui? Grazie! -.

- E tu sai che se non fosse stato per te ora non sarei così felice? Grazie! - rispose sorridendo.

Aspettarono ancora qualche minuto poi

- Bene... - esclamò ad un certo punto Milena - penso che sia arrivato il momento!

- Sì - le fece eco Rachele - il fuoco ormai ha preso -.

- Sara, hai portato il diario? - chiese di nuovo Milena all'amica.

- Certo - rispose lei, tirando fuori dallo zainetto il quaderno di Adelaide - eccolo qua! -.

Milena lo prese, tolse il fermaglio con la rosa e il nastro color cobalto, poi aprì il diario e iniziò a strapparne le pagine che man mano passava agli altri. Quando tutti, compreso Ernesto ebbero tra le mani un pezzo del diario, Milena porse il fermaglio e il nastro ad Ernesto perché li conservasse.

Pensavano fosse giusto che li avesse lui, come ultimo ricordo di Adelaide.

Ci volle qualche minuto prima che qualcuno avesse il coraggio di gettare tra le fiamme la sua parte del diario; alla fine fu proprio Ernesto a farlo per primo.

- Addio Adelaide! - disse e, mentre due grosse lacrime gli rigavano le guance, gettò i pezzi di carta nel fuoco. Questi si accartocciarono in pochi istanti e a quel punto tutti, uno per volta, fecero lo stesso. Dopo che Sara ebbe gettato, per ultima, i suoi fogli, il fuoco sembrò ravvivarsi e si mise a scoppiettare più vivacemente. In quel momento una folata di vento passò tra di loro, scompigliando i capelli e facendo vibrare le fiamme.

Nessuno sembrò meravigliarsene, sapevano tutti cos'era stato.

Loro l'avevano finalmente liberata e Adelaide li aveva salutati per l'ultima volta.

FINE

INDICE

www.ingramcontent.com/pod-product-compliance
Lightning Source LLC
Chambersburg PA
CBHW020744130626
46554CB00006B/2147